迷い人

品川しみづや影絵巻

倉阪鬼一郎

角川文庫
19018

目次

序章　清水の井

一

　良い水を使った料理はうまい。

　北品川の「しみづや」の料理を食した者であれば、だれもがそう感得するはずだ。

　とりたてて構えた見世ではない。一膳めしと酒と肴を供する、どの町にもありそうな、いたって平凡な雰囲気だった。

　昼の膳も、思わず目を瞠るようなものは出ない。品川の海で獲れた季節の魚がおもに主役を張る。焼き魚、煮魚、あるいは刺身。料理の仕方は何であれ、新鮮だからもちろんうまい。

　これに飯と汁もの、香のもの、さらに青菜のお浸しや煮豆などの小鉢がつく。ごくありふれた膳だが、水がいいとこれだけ違うのかと驚かされるほどのうまさだった。

名水と言われる「清水の井」から汲んだ水を、見世ではすべての料理に使っている。「しみづや」の名がついたゆえんだ。

この井戸の水は、勝手に汲んではいけないことになっている。水屋が井戸の権利を持っていて、普通の見世では水を買って使う。

しみづやだけが名水をふんだんに使えるのにはわけがあった。縁あって見世のあるじの幸助と結ばれたおつうは、水屋の娘だったのだ。

娘に楽な暮らしをさせてやりたいというのは親心だ。ために水屋の父は、しみづやにだけは水を売らずにただで汲ませた。こうして、名水を使った一膳飯屋の隠れた名店が生まれたのだった。

幸助とおつうは実直なあきないを続け、だんだんに常連の客も増えた。北品川のうまい見世といえば、元同心とその妹が二人で始めた「はし」か、このしみづやかと言われるほどで、わざわざ街道を歩いて足を運ぶ者までいた。

おまえのところの見世はいい水をただで使えるからだ、とやっかまれても致し方ないところだが、幸助もおつうもいたって心ばえが良く、裏の畑で採れた野菜を客に持たせたりしていたから、だれも悪く言う者はいなかった。品川宿で災いがあったときは、真っ先に救いの鍋をふるまったりした。おかげで、しみづやはいつしか宿場町の誇りの一つとなった。

幸助とおつうのあいだにはいくたりか子ができたが、無事に育ったのは一男一女だけだった。

本来なら跡取り息子になるはずの忠助は、飯屋のあるじになることを嫌い、いつしか家に寄りつかなくなってしまった。根は悪い男ではないのだが、何をやっても長続きせず、うわさによると芳しからぬ者たちとの付き合いもあるらしい。身の落ち着かない長男のことは、しみづやにとっては心配の種だった。

それにひきかえ、歳の離れた妹のおさよは違った。

けがをしている動物などを見かけたら放っておけないたちで、その心ばえの良さは町でも評判だった。

わらべのころから、おさよは見世の手伝いをしていた。

まだかむろ髪だが、整った顔立ちをしたおさよが両手で大事そうに膳を持って運んでくるさまは、かわいいお運び人形のようだった。

「大丈夫かい」

「気をつけなよ」

常連の客はみなやさしく声をかけた。まれにつまずいて膳をひっくり返しても、責めたりする者は一人もいなかった。わんわん泣いているおさよをなだめる客ばかりだった。

こうして、しみづやの客たちに愛されて育ったおさよは、晴れて髷を結うようになった。いつも明るくふるまうおさよは、すっかり見世の看板娘になった。

気立てのやさしいおさよは、見世の裏手でないている二匹の子猫を拾った。どうやら親に捨てられてしまったらしい。

見捨ててはおけないから、水やえさを運び、なにくれと世話を焼きはじめた。食べ物をあきなう見世で猫を飼うのはいかがなものかと、幸助とおつうは難色を示していたが、おさよは珍しく意地になって、どうしても飼うと言って聞かなかった。

それでも二匹は多いから、片方にしてはどうかと親がなおも言っていたところ、幸いにも常連の一人がもらってやると手を挙げてくれた。

残ったのは、茶と白の縞模様の猫で、しっぽが短くて鉤のように曲がっていた。

「かぎしっぽの猫は縁起がいいんだ。その短いしっぽに、ひょいと幸せを引っかけてくるって言われてる」

客にそう言われて、おさよはうれしそうにほほ笑んだ。

ちょうど麦畑がきれいなころだったから、猫は「むぎ」と名づけた。実りの麦の色と猫の美しい毛並には、一脈通じるところがあった。

むぎは賢い猫で、後架（便所）のしくじりもなく、あきない物にむやみに手を出すこともなかった。おさよが据えてやった布入りの箱の中にちんまりと入り、寝息を立てているさまはなんとも愛らしく、早くもしみづやの看板猫となった。

「ほんとに、かぎしっぽに福を引っかけてきてくれてるのかもしれないわね、むぎは」

ある日、のれんをしまって後片付けをしているときにおつうが言った。

「そうだな。お客さんの入りが良くなったような気がする」

幸助がうなずいた。

「飼ってよかったでしょ？」

おさよは得意げに言った。

ちょうどむぎがとことこと歩いてきて、やにわにごろんと寝ころがって腹を見せた。

なでて、と甘えるしぐさだ。

「はいはい。これからも、たくさんかぎしっぽに福を引っかけてきてね。よろしくね、むぎちゃん」

そう話しかけながらおさよがなでてやると、猫は気持ちよさそうに喉を鳴らしはじめた。

二

だが、次にむぎがかぎしっぽに引っかけてきたのは、いささか面妖なものだった。むろん、もしそれが猫の力によるものだったとしたらだが。

その晩、むぎがなく声でおさよは目を覚ました。

(どうしたのかしら、いったい……)

おさよは目をこすった。

大雨や大風のとき、心細そうになくことはある。しかし、どうもそういうなき声ではなさそうだった。

かといって、むぎは雌だが、さかりのときの声ではない。そもそも、いまはそういう時季ではなかった。

うぅー、うぅー、とむぎがないている。半ばうなって威嚇しているような声だ。

（よその猫が縄張りに入ってきたのかしら。でも、それならもっと違うなき方になるはずだけど）

片方の子猫をもらってくれた猫好きの客から、おさよは猫の飼い方について事細かに聞いた。猫の機嫌のいいときのしぐさや、怒ったときの様子などを、なき方なども交えてくわしく教わっていた。どうもそれとは違う。

なんだか目がさえてしまった。

父と母は寝息を立てている。毎日、朝から晩まで働きづめだから、きっと疲れているのだろう。

物音を立てて起こさないように気をつけながら、おさよは床を出た。

猫はなおもないている。見世の前の道にいるようだ。

広くはないが、清水の井へ通じる坂道がある。そこに面して建っているのはしみづやばかりではない。評判のいい医者の診療所や木地師の仕事場などもある。宿場で働く人々が暮らす長屋もある。日中はそれなりに人通りのあるところだ。

だが、こんな深夜に通りかかるものはない。むろん、人の気配はまったく伝わってこなかった。

「むぎちゃん、どうしたの？」

おさよは声をかけた。

猫のなき声の調子が変わった。

早く来いとばかりに、みゃあ、みゃあと切迫した調子でなく。

おさよは迷った。

こんな夜更けに心張棒を外して出るのは不用心だ。人の気配はないけれど、もしだれか無理に入ってきたりしたら困る。

だが……。

そのまま引き返すことはできなかった。むぎが何を見てないているのか、その目でたしかめたかった。

おさよはかなり苦労して心張棒を外した。

用心のため、雨戸も閉めてある。それを開けると、月あかりがさっと差しこんできた。

「みゃあ」

ひときわ高く、むぎがないた。

こっちよ、と示す。

その方向を見て、おさよは思わず息を呑んだ。
人が倒れていたのだ。
少しいびつな恰好で、前のめりになって倒れている。
まだ若そうに見えた。
「教えてくれたのね」
猫に向かって小声で言うと、おさよは恐る恐る人影に近づいた。
そして、再び息を呑んだ。
月あかりに照らされた男のうしろあたまのほうに、かすかに赤いものが見えたのだ。
血だ。
（どうしよう。死んでる……）
おさよはふるえあがった。
しかし、次の刹那、思わぬことが起きた。
むくろと思われた男の腕が、ぴくりと動いたのだ。
「うーん……」
うめき声ももれた。

間違いない。息がある。

おさよがためらったのは、ほんの束の間だった。

「おとっつぁん、おっかさん、起きて！」

きびすを返すと、娘はしみづやへ駆け戻っていった。

第一章　消えた記憶

一

「どうした？」

眠い目をこすりながら、父の幸助がたずねた。

「お見世の前で人が倒れてるの。男の人が倒れてる」

おさよは息せききって告げた。

「見世の前で？」

「うん……頭にけがをしてるみたいだけど、息はしてる」

おさよの声がふるえた。

「おまえさん、見てきてくれないかい」

おつうが言う。

「分かった。火をおこしておいてくれ」

「あいよ」

家のなかにも、わずかに月あかりが差しこんでいた。

足元をたしかめながら階段を下りると、幸助はおさよとともに外へ出た。

娘の言うとおりだった。男がばったりと倒れていた。

「もし」

幸助は駆け寄った。

男の肩をつかんでゆさぶる。

「しっかりなさいませ」

そのとき、気づいた。

うしろあたまに赤いものが見える。男が血を流しているのだ。

「これはいけない」

幸助の声音が変わった。

「道庵(どうあん)先生に診ていただかないと」

おさよが切迫した声で言う。

古久保道庵は本道（内科）の医者だが、金瘡（刀傷）を診る心得もある。診療所はしみづやの斜向かいで、患者が見世ののれんをくぐることもしばしばあった。日頃から付き合いのある人物だ。

「こんな真夜中だが……」

「でも、死んじゃうよ、この人」

おさよがまなざしに力をこめた。

「そうだな」

父が迷ったのは束の間だった。

灯りが揺れた。おつうが提灯を提げて出てきた。

「道庵先生のところへ行く。人が倒れてるんだ」

幸助が告げると、おつうは一つうなずき、すぐさまそちらへ向かった。

「わたしはここで見てる」

おさよは言った。

「ああ、気をつけろ」

ややあって、診療所の戸をたたく音が響いてきた。

「しっかりしてください。いまお医者さんが来ますから」

おさよが語りかけたが、返事はない。

地面に倒れている男の顔を、月あかりが照らす。息があることだけはかろうじて分かった。

みゃあ、と猫がなく。

むぎが両の前足をそろえ、気遣わしげに見守っていた。

「むぎちゃん、えらいね。よく教えてくれたね」

おさよが語りかけたとき、戸をたたく音が止まり、幸助の声が聞こえてきた。

「夜分、恐れ入ります。見世の前に人が倒れています。道庵先生に診ていただきたいのですが」

出てきたのは小者か、あるいは妻の美津(みつ)か。幸助が急を告げる声が響いてきた。

「いま先生が来ますからね。もうちょっとの……」

辛抱ですよ、と言おうとしたおさよは息を呑(の)んだ。

男の目が、やにわにぱっと開いたのだ。

「気がつきました？」

おさよの問いかけに、男は二度、三度と瞬(まばた)きをした。

月あかりのなかに浮かびあがった男の顔は、よく見ると役者のごとくに整ってい

た。まだ二十そこそこと見受けられるが、ずいぶんと渋い顔立ちで、おさよはつい
どぎまぎした。

「み、水を……」

男はそう言うと、手をゆっくりと動かし、おのが頭のほうへやった。

痛いのか、急に顔をしかめる。

「おとっつぁん、水を！」

おさよは精一杯の声で叫んだ。

「分かった」

すぐ返事があった。

「気がついたのかい？」

母の声が響いた。

「うん、早く来て」

「いま先生が行くから」

おつうが告げた。

「お医者さまが来ますからね。もう大丈夫ですよ」

おさよがしゃがんで言うと、倒れている男は力なくうなずいた。

そのとき、おさよは初めて気づいた。

男は脚絆を巻いていた。小物を入れる籠と、笠も近くに落ちていた。明らかに旅姿だ。

これから江戸を出るつもりだったのか、あるいは帰ってきたところを襲われたのか。いずれにしても、かなりの傷を負っているようだった。

「こちらです、先生」

幸助の声が聞こえた。

提灯の灯りが二つになった。

ほどなく、医者が到着した。

二

寝起きの医者の総髪は乱れていた。よほど急いで支度をしたらしい。

道庵には小者の儀平も付き従っていた。こちらは薬箱を持っている。

「楽にして」

倒れている男に向かって言うと、道庵は脈を取りはじめた。

「水は？」

おさよが小声で父に問う。

「そちらの水を」

医者が告げる。

「汲んできてやれ」

おさよはうなずき、母の提灯を借りると、急いでしみづやに戻った。

清水の井から汲んだ水はいくつかの甕に入れてある。見世の命の水のようなものだ。料理に使う水だが、そのあまりのうまさに、なかには代金を払ってまで所望する客もいた。

手がふるえてなかなかうまく汲めなかったが、やっと椀に入れ、こぼさないように気をつけながら戻った。

道庵は倒れている男の頭を小者に照らさせ、傷を診ていた。

「大丈夫だ。血は止まる」

医者が告げると、男は弱々しくうなずいた。

「さ、水を」

おさよはその場にしゃがんだ。

道庵が首の下に手をやり、わずかに身を起こしてやる。

「ゆっくり呑みなさい」

ややあって、男の喉仏（のどぼとけ）が動きはじめた。

よほど喉が渇いていたのだろう、椀の水を呑み干すと、旅装の男はほっと太息（ふといき）を吐いた。

「ちょっとしみるかもしれないが、我慢しなさい」

道庵は薬箱から霧吹きを取り出し、消毒のために液を噴きつけた。おおむね酒でできているから、傷口にしみる。男は思わずうめき声をもらして唇をかんだ。

「もっとしっかり照らしてくれ」

道庵は儀平に命じた。

「へい」

おさよは目をそらした。またちらりと赤いものが見えたからだ。

医者は手際よく布を取り出し、男の頭部にぐるぐると巻きつけていった。

「もう大丈夫ですよ」

おつうが声をかける。

男は返事をしなかった。うつろな目を開いて、おさよのほうを見た。

「しっかり……」

　おさよがうなずく。

　足音が響き、道庵の妻の美津が近づいてきた。医術の心得もあるよき伴侶(はんりょ)だ。急いで髪などの身だしなみを整えてから現れたらしい。

　道庵が包帯を巻き終えた。

「ゆっくりと身を起こしてくれ」

　妻に命じる。

「はい」

　しみづやの一家が見守るなか、医者の夫妻は倒れていた男の上半身を慎重に起こしていった。

「痛みますか？」

　道庵が問う。

　男は力なく首を縦に振った。

「あなたの名は？」

　美津がたずねた。

「わたしの、名……」

男の整った唇が開き、かすれた声がもれた。

「だれかに襲われたようです。心当たりはありませんか？」

道庵の問いに、男は今度は首を横に振った。

おさよは両親とともに、かたずを呑んで見守っていた。だれかに襲われたようだが、そんな悪い人のようには見えなかった。

「物は盗られていませんか？」

美津が訊いた。

男ははっとしたような表情になった。

ふところに手をやる。傷がうずいたのか、にわかに顔がゆがんだ。

「何か盗られましたか？」

「……分からない」

道庵がたしかめてみると、巾着は無事だった。中には意外に多くの金が手つかずのまま残されていた。少なくとも、物盗りのしわざではなさそうだ。そのほかに、物を包んでいたとおぼしい手拭もそのまま入っていた。

「どこから来て、どこへ行くつもりだったんです？」

医者はさらにたずねたが、はかばかしい答えは返ってこなかった。

「……思い出せない」

喉の奥から絞り出すように、男は言った。

「名前もですか？」

うなずく。

重苦しい空気が場に漂った。

「ともかく、うちに運びます。痛み止めの薬湯を煎(せん)じますので」

男に向かってそう告げると、道庵は儀平と美津に向かって合図をした。

「立てますか？」

「はい……」

男はひざに手を当てた。

道庵と儀平が肩を貸し、美津が薬箱を持つ。

「一(ひ)の二(ふ)の三(み)っ！」

掛け声をそろえて立ち上がらせてみると、男はかなりの上背(うわぜい)だった。

「ゆっくりでいいですから、一緒に歩いてください」

男はうなずいた。

「この人は助かりましょうか、先生」

幸助が案じ顔で問う。

「熱は出るでしょうが、手当てをしましたので、命に別状はないでしょう」

道庵の答えを聞いて、おさよは安堵(あんど)のため息をついた。

「名前も思い出すでしょうか」

「強い衝撃を受けると、物を忘れてしまうことがあります。おそらく、よく眠れば思い出されるのではないでしょうか」

医者はそんな見方を示した。

だが……。

そのとおりにはならなかった。

診療所に運ばれた男は、薬湯を呑んでからぐっすり眠った。

しかし、目覚めたあとも何一つ思い出すことができなかった。

男の記憶は、消えたままだった。

第二章　三本の包丁

一

「そうしますと、まだ何も思い出せないんでしょうか」

厨（くりや）から幸助が問うた。

「そうなんです。心にたくわえていたものがすべて失（う）せてしまったかのような按配（あんばい）で、ことによると、かなり時がかかるかもしれません」

道庵が答えた。

やっと診療が一段落つき、遅い昼を食べにしみづやののれんをくぐったところだ。診療所を美津に任せて食べにくることもあれば、出前を頼む場合もある。医者が常連にいるおかげで、しみづやの料理はおのずと身の養いにいいものが多くなった。

「まあ、お気の毒に……」

座敷の空いた器を運びながら、おさよが言った。

「頭の傷のせいなのでしょうか」

おつうが姥子に結った髷を指さした。

「そうでしょう。頭部に大きな打撃が加えられると、記憶の糸がぷつりと切れてしまうことがあるのです」

道庵がそう答えたところで、おさよが膳を運んできた。

「お待ちどおさまです。鰈の醤油焼きの膳でございます」

「寒鰈ですか。これはおいしそうですね」

医者の表情がにわかにほころんだ。

鰈の身を三枚におろし、醤油と酒でつくった割り醤油につけてから焼く。素朴だが、旬の魚の味を活かした料理だ。大根おろしを添えて出せば、身の養いにもなる。

膳にはこれに、小松菜の浸し、豆腐と葱の味噌汁、香の物が付く。奇をてらったものは一つもない、しみじみらしい膳だ。

「おいらが獲ってきたものだからよ」

鮮やかな若竹色の法被をまとった男が言った。

「けさ、銛で突いて獲ってきたんだ」

連れが身ぶりをまじえて和す。

二人は地元の漁師だ。品川の南猟師町の浜に住み、獲れたての江戸前の魚を届けてくれる。

若竹色の法被のほうが庄三、その連れが蔵六。漁師は朝が早いから、もう一日の仕事を終え、しみづやの座敷で昼酒を呑みはじめているところだった。

「そりゃあ、おいしいはずだ。……で、あとで見てもらいたいものがあるんですが、とりあえず膳をいただいてから」

あるじに向かって言うと、おなかがすいているらしい医者は箸を動かしはじめた。

昼時は膳を求める客でにぎわい、見世の前に出した長床几まで埋まるほどだが、波が引くと落ち着いた雰囲気になる。漁師たちのように腰を据えて呑みはじめる客もいれば、すでに隠居の身でふらりと毎日のように顔を出してくれる者もいる。しみづやののれんをくぐる客はさまざまだ。

「はいはい、なでますよ」

甲高い声でないたむぎに向かって、おさよが言った。

なでて、とばかりに猫がごろんと倒れて腹を見せる。娘がそこをやさしくなでると、むぎはたちまち気持ち良さそうに喉を鳴らしはじめた。

座敷の漁師たちは内輪の話をしていた。庄三がまとっている若竹色の法被は、ここ品川ではよく目にする。

海の救け組だ。

かしらの元太を中心に品川の浜を守り、溺れかけた者を救けたり、身投げをしようとした者を止めたり、さまざまな人助けをしている。丸に品、と背に染め抜かれた若竹色の法被は、救け組のほまれの衣装だった。

「べつに泳ぎは不得手でもかまわない、って姐さんは言ってるんだがな」

庄三が言った。

かねてより連れに「救け組に入らないか」と持ちかけているのだが、蔵六はなかなかうんと言わない。

「だがよ、みなが泳ぎの稽古をしてるときに、一人だけ浜でぼうっと突っ立ってるのは嫌じゃねえか」

漁師のくせに、蔵六は泳ぎが苦手だ。前に溺れかけてから、手足がうまく動かなくなってしまったらしい。

「だったら、泳ぎの稽古に出なきゃいい。人それぞれに得手と不得手があるんだから、得手のところだけを活かせばいい。志乃姐さんもそう言ってたぜ」

　かしらの元太の女房になった志乃は、もともとは兄の元同心の川路波之進とともに「はし」という見世を切り盛りしていた。品川に「はし」あり、と評判を取った名店だ。

　時は文政から天保へと移ろい、縁あって結ばれた元太と志乃のあいだにはすでに子も生まれている。兄の波之進も、品川名物の娘駕籠かきとして鳴らしていたお礼を嫁に迎え、こちらも子ができていた。

「はし」は波之進とお礼がいまも切り盛りしており、しみづやの面々も休みの日に食べに行ったことがある。本職は漁師が多い救け組の者たちがどちらの見世にも魚をおろしているから、おのずと縁も生まれる。しみづやと「はし」は、互いに切磋琢磨しながらうまい料理を宿場町の人たちに供していた。

「とは言っても、海の救け組なんだからな。おいらは救けられるほうだから」

　蔵六は乗ってこない。

「亀七さんなんて、元相撲取りだからからっきし泳げねえが、救け組に入ってるじゃねえか」

　庄三が言う。

元相撲取りの亀七も「はし」にゆかりの男だ。暑い時季を除いて、自慢の甘藷粥（かんしょがゆ）の屋台を引いて街道筋に出ている。品川の名物男の一人になった亀七は、粥が売り切れると「はし」の近くに建てた家に戻って畑を耕していた。

「亀七さんは力持ちっていう取り柄があるじゃねえか。おいらの取り柄って言ったら、物をうまそうに食うことくらいなんだから」

蔵六がそう言ったから、しみづやに和気が満ちた。

「結構な膳でした」

医者がそう言って、両手を合わせた。

すかさずおつうが茶を注ぎにいく。もちろん、清水の井の名水でわかした茶だ。味が違う、ともっぱらの評判だった。

「ああ、食後のお茶はほっとするね」

道庵は笑みを浮かべると、湯呑みを置き、おもむろにふところから手拭（てぬぐい）で巻かれた包みを取り出した。

「それは？」

おつうが短く問う。

「名無しの患者さんがふところに入れていたものですよ。……ちょっとよろしいでしょうか？」


幸助に声をかけると、しみづやのあるじはあわてて手をふいて厨（くりや）から出てきた。

いまは火を使っていないから、じっくり話を聞ける。

「こんなものを持っていたんです、倒れていた人は」

おさよも見守るなか、道庵はそう言って包みを開いた。

中から現れたのは、三本の包丁だった。

二

「これは……」

料理人は目を瞠（みは）った。

「包丁だね、おまえさん」

おつうが瞬（まばた）きをする。

「出刃、薄刃、刺身……三本そろってるな」

一本ずつ指さしながら、幸助が言った。

魚をおろすときに用いる出刃包丁、野菜を切るときに使う薄刃包丁、それに、いちばん細みで長い刺身包丁だ。

「上等な品ね。銘が入ってる」

おさよが気づいた。

「これは……美濃(みの)の関(せき)だな。いい品だ」

出刃包丁をあらためながら、幸助が言った。

「そうすると、料理人だったんでしょうか」

道庵が身を乗り出した。

「身を守るために持っていたのかも」

おさよがふと思いついて言ったが、父は首を横に振った。

「それなら、匕首(あいくち)などにするはずだ」

「たしかに」

医者がすぐさま同意する。

「何かあったんですかい？」

庄三が口をはさんだ。

幸助と医者がかいつまんでいきさつを述べると、鰤(ぶり)大根をつつきながら酒を呑(の)んでいた庄三と蔵六は思案げな顔つきになった。

「悪いやつだったら、あとが事かもしれませんぜ」

「そうそう。命を狙われるようなやつだ。ろくなことをしてねえかも」

「でも、そんな悪そうな人には見えなかったけど……」

名無しの男の整った顔立ちを思い出して、おさよが言った。

「ま、何か厄介なことがあったら、救け組に言ってくださいまし、先生」

庄三が道庵に言った。

「分かった、心強いよ」

医者は笑みを浮かべた。

そのあいだ、幸助はしきりに包丁をあらためていた。

「どうだい、おまえさん」

小声でおつうがたずねる。

「ちゃんと手入れはしているな」

「よく研いでるんだね」

「ああ。ただ……」

「ただ？」

おつうの問いにすぐには答えず、幸助は厨の包丁置き場に向かった。

出刃、柳刃、刺身のほかにも、さまざまな包丁が置かれている。出刃と薄刃のあいだの厚さの合出刃、細みで小さい細工包丁、先が角張った蛸(たこ)引きなどだ。

むきものなどの華やかなものをつくるときは、さらに多くの種類が必要になるが、しみづやは実(じつ)のある地に足のついた料理を供する。とりあえずは、これだけそろっていれば十分だった。

そのなかから、幸助は薄刃包丁を抜き、名無しの男が持っていた物の隣に置いた。

「厚さが違いますね」

医者がすぐさま気づいて言った。

「元は同じ厚さだったんです。薄刃は毎日使って研いでいるうちにだんだん減ってきますから」

と、幸助。

「すると、この人のはあんまり使ってないと？」

おつうが問うた。

「おれに比べたらな」

「飾りじゃないのね？」

今度はおさよがたずねた。

「ああ。ちゃんと使ってはいる」

「だったら、流しの料理人じゃねえか？」

庄三が包丁をのぞきこんで言った。

「そうかもしれねえ。修業に出たばかりでやられちまったんだ」

蔵六も和す。

「この包丁を見ても、あの人は何も思い出さなかったんでしょうか」

おさよが医者に訊く。

「力なく首を横に振るばかりでね。まだ熱があるし、夜中にうなされることもある。もう少し落ち着くのを待ちましょう」

道庵はそう言うと、三本の包丁をしまいはじめた。

三

午後もさらに診療が続く。医者はあわただしく診療所へ帰っていった。

それと入れ替わるように、二人の常連客がしみづやののれんをくぐった。

一人は、近くに隠居所を構えている跡部作右衛門という人物だった。

白髪の好々爺だが、元は町方の定廻り同心として赫々たる実績を積み上げてきた。その功績を買われて長く臨時廻り同心もつとめてきたが、息子の作造が同じ定廻り同心に取り立てられたのをしおに隠居し、いまは品川の海が見える隠居所で悠々自適の暮らしを送っている。

日々の散歩の途中で、先に名が出た「はし」やこのしみづやに立ち寄り、一献傾けてから帰路に就くのが常だ。しみづやにとってみれば知恵袋のようなものだから、実にありがたい客だった。

もう一人の道服姿の男は、一風変わったあきないをしていた。本名は分からないが、号を梅友という。猫の絵描きという珍しいあきないで、「鼠捕りの猫描こう、猫描こう」と触れ回りながら歩く。

猫の絵を乞われれば、背に負うた画布にさらさらと描いて渡し、銭を得る。嘘かまことか分からぬが、梅友の描く猫は真に迫っており、本当に鼠が恐れて出なくなるのだそうだ。

むろん、猫の絵ばかりでなく、何を描いてもうまい。猫のほうのあきないが薄いときは、名所に赴いて似面描きに変貌する。実を言えば、そちらの実入りのほうが多いのだそうだ。

元は武家だとささやかれているが、どうしてこんな世をすねたようななりわいになったのか、出自も来歴も分からない。謎の多い人物だが、よろずに物事を達観しているようなところがあって、隠居とは話が合うようだった。

「なるほどねえ。そりゃ大変だったね」

ひとわたり話を聞いた跡部作右衛門が言った。

「大変なのは、おのれがだれなのか思い出せないあの人ですよ」

幸助が言う。

「拙者など、おのれがだれか、ちょくちょく分からなくなりますがな」

号に合わせた梅色の道服の梅友が笑みを浮かべた。

「本当に料理人だったのかどうか。もし料理人だったとしたら、どうして襲われたのか。襲われたのに巾着は手つかずで、物盗りのしわざとは思われません。まったく謎だらけです」

厨で手を動かしながら、しみづやのあるじは言った。

ほどなく、おうとおさよが酒と肴を運んできた。

歯ごたえが残るように按配した山牛蒡のきんぴら、胡麻油で風味よく炒めてから含め煮にした芋幹の田舎煮、それに寒鰈の煮付けと鰤大根。しみづやらしい素朴でうまい肴だ。

「なら、こうしてみればどうですかな」

隠居が猪口を置いて言った。

「そりゃあ名案ですな、ご隠居」

「まだ何も言ってませんよ、梅友さん」

「ご隠居の言うことですから、名案に決まってます」

梅友はしれっとした顔で言うと、通りかかったむぎを手招きした。

猫の絵描きとは心が通じるのかどうか、茶白の縞猫がひょいとひざに飛び乗る。

「で、どんな案なんです？」

座敷の庄三がたずねた。

「熱が下がったら、ここの厨に立たせてみたらいいんです。その手つきを見たら、料理人だったかどうか分かるでしょう」

元同心がそんな案を示した。

「なるほど。やっぱり名案だったじゃないですか」

猫の背をなでながら、梅友が言う。

「でも、ご隠居。おのれがだれか分からなくなってるくらいだから、料理のつくり方も忘れてるんじゃないですか？」

蔵六が素朴な疑問を発した。

「手が覚えたものは、なかなか忘れないものだよ。おのれがだれか思い出せなくても、そういった手わざだけは忘れないものさ」

跡部作右衛門はそう言って、針柚子を天盛りにした芋幹の田舎煮を口中に投じた。

「だったら、拙者が記憶をなくしても、絵は描けるわけですな」

梅友がそう言って、しみづやの壁に貼られているものをちらりと指さした。

消息が分からなくなっている忠助の似面だ。幸助とおつう、それにおさよにとっては、ゆくえ知れずになっている忠助のことは何よりの気がかりだった。

いったいどこでどうしているのか、ささいなことでもいいから知らせがほしいので、常連の梅友に似面を頼んで見世に貼っておいた。鼻の横の目立つところに大きなほくろがあるから、わりと見分けがつきやすい風貌だ。

「おそらく、描けるでしょう」

隠居が言う。

「なら、いつまでも道庵先生のところというわけにもいかないでしょうから」

父がすっかり乗り気になったから、おさよの心の臓の鳴りがいくらか速くなった。

見世の前に倒れていたあの美男子の顔が、いやに鮮やかによみがえってきたのだ。

第三章　新助（しんすけ）はだれ？

一

記憶をなくした男がしみづやの厨（くりや）に入ったのは、それから三日後のことだった。

道庵と美津の診療所は、盆と正月を除けば休みなく開いているが、折にふれて交替で休みながら仕事をしている。

昼から休みにして、診療所を閉める日もある。そんなある日の午後、しみづやの昼の客の波が引いた頃合いに、医者の夫婦に付き添われて例の男が入ってきた。

「連れてきましたよ」

道庵が言った。

「お世話になります」

と、一礼した男の頭には、まだ包帯が巻かれていた。

「もう傷は大丈夫なんですか？」

幸助が声をかけた。

「はい。熱も下がりましたので」

いくぶんしゃがれた高めの声で、男は答えた。

「ただ、相変わらず記憶はそのままのようです」

ぼかしたかたちで医者が告げる。まだ何も思い出せないらしい。

「では、名前も？」

おつうが美津にたずねた。

「ええ」

女医が短く答える。

「どう呼べばいいのか困りますね」

幸助が首をかしげた。

「相済みません。どうしても……おのれがだれか思い出せなくて」

男の整った顔がゆがむ。

しみづやの前に倒れていたときは旅装だったが、いまは小者用の作務衣（さむえ）を借り、さっぱりした身なりをしている。ただし、上背がかなりあるため、着物はいささか窮屈そうだ。

「だったら、新助はどうだろうかねえ、おまえさん」

おつうが幸助に言った。

「ああ、なるほど。うちの男の名前には『助』がつく。新しく来た男だから『新助』か」

幸助はただちに乗ってきた。

「それでいいでしょう。思い出したところで呼び名を変えればいいわけですから」

道庵も言う。

おさよは男の顔をじっと見ていた。

その唇がかすかに動く。

「新助、新助……」

何か気になることでもあるのか、少し首をかしげ、男はいくたびもその名を唱えていた。

「では、新助さん」

幸助が声をかけた。

「新助さん？」

おつうも和したところで、男は我に返ったような顔つきになった。

そして、無言でまた包帯を巻いた頭を下げた。

二

ふところに忍ばせていた包丁を用いて、男は器用に野菜の皮をむいた。

しみづやにいた客は、隠居の跡部作右衛門と、漁師の庄三と蔵六、それに近くの職人衆だった。小上がりの座敷からではよく見えないので、厨の前に長床几を置いて座り、見物を始めた者もいる。

二脚の長床几はなにかと便利で、茣蓙を敷いた土間まで埋まる昼の書き入れ時には外に出して飯を食える。それが終われば見世に戻し、厨の仕事ぶりを見物しながら酒と肴を楽しむこともできた。

「達者なもんだね」

隠居が感心したように言った。

これから煮物をつくる。大根、人参、里芋、それに油揚げと蒟蒻を入れた素朴な料理だ。

しみづやではけんちん煮にすることが多い。具を胡麻油(ごまあぶら)で炒(いた)め、味醂(みりん)を多めに入れてほっこりと煮る。胡麻油の風味と味醂の甘みが響き合い、身も心も穏やかになる煮物だ。

その下ごしらえを新助にやらせてみた。

みなが見守るなか、新助は緊張ぎみながらも器用に包丁を操り、野菜の皮をむいて面取りまでていねいに行った。途中で迷うところはなく、流れるような手さばきだった。

里芋も手を滑らせることなく、きれいに六方にむいた。蒟蒻には味がしみやすいように斜めに細かな包丁目を入れていった。そのさまだけを見れば、まごうかたない料理人だった。

「野菜はひとかどのもんだな。おれよりうめえくらいだ」

幸助がうなった。

「滅相もないことで」

そう首を振りながらも、新助はまんざらでもなさそうな顔つきをしていた。

いくらか離れたところで、美津がおつうとおさよに話を始めた。

「実はあの人、薬にもくわしいのよ」

女医は声をひそめて言った。

「お薬に？」

と、意外そうにおさよ。

「そうなのよ、おさよちゃん」

美津は身ぶりをまじえて言った。

「うちで調合した薬をのんで、酢屋の地黄丸に味が似てるとか言うの。江戸の薬種問屋にいやにくわしいし、医術の初歩にも通じてるし、とてもただ者とは思えないわ」

「とすると、ただの料理人じゃないのかしら」

おさよは母の顔を見た。

「まだ分からないわねえ」

おつうは首をかしげた。

油揚げにはさっと湯をかけて油抜きをした。火の通りにくいものから鍋に入れるのが骨法だが、そのあたりにも抜かりがない。あくもていねいに取っていた。

いまのところ、新助に落ち度はまったく見当たらなかった。頭の包帯が痛々しいが、それを除けばひとかどの料理人に見えた。

「野菜なら何でも大丈夫そうだね」

長床几に腰掛けた跡部作右衛門がうなずいた。

「なら、今度はおれらが獲ってきたやつをさばいてもらいましょうや」

「そうそう、魚を食いてえからな」

庄三と蔵六、二人の常連の漁師が言った。

しみづやには生け簀もある。幸助が江戸前の海で獲れた魚を示すと、新助は初めてとまどう様子になった。

「こいつはさばいたことがないもので」

そう言って自信なさそうに手で示したのは、平目だった。

「品川じゃ華の一つだぜ」

「平目をさばいたことがないのかよ」

庄三と蔵六がいぶかしそうに言った。

東海多くして、西北海まれなり。冬春の際を時とす。生煮ともに美し。

物の本にはそう記されている。まさにいまが旬の魚で、しみづやに入った平目も堂々たる身の張りだった。

「えんがわと肝は酒の肴にして、本身は黒皮づくりにしようと思うんだがな。活きのいい平目だから」

幸助が言ったが、新助は首をひねるばかりだった。

「おとっつぁん、扱ったことのないお魚を無理に押しつけたって」

おさよが見かねて助け舟を出すと、新助はいくらかほっとした顔つきになった。

「えんがわの煮付けはうめえからな」

「肝もゆがいて、醬油でさっと味つけしたらこたえられねえぞ」

座敷の職人衆が言う。

品川のこのあたりには、木を扱う職人が多い。坂を上がったところの山や林でいい材料が手に入るからだ。

ことに多いのは竹細工だが、今日来ている職人衆は変わり種で、菓子型の彫り師たちだった。鯛の押し物などの木型を少しずつていねいに彫っていく仕事だ。

七十以上もの鑿を用い、凹型の木型に彫りを入れ、凸型のきれいな菓子ができるようにする。品川にほど近い大門の名店・風月堂音吉でも、ここの木型をもっぱら用いていた。

「なら、仕方がない。これはおれがさばこう」

「相済みません、宗八ならさばいたことがあるんですが」

新助は申し訳なさそうに言った。

「宗八だって？」

長く江戸前の魚を扱っている幸助も聞いたことがない名前だった。

「はい、宗八鰈です」

「ああ、鰈か」

幸助は腑に落ちた顔つきになった。

「宗八鰈って聞いたことがあるか？」

庄三が仲間にたずねた。

「さあ……鰈にゃいろいろあるけどな」

蔵六が首をかしげた。

イシガレイ、マコガレイ、ホシガレイ……。

鰈の種類にはさまざまあって、江戸湾のほうぼうで漁が行われている。しかし、宗八鰈という名は初めて耳にするものだった。

「うめえのかい、その宗八鰈ってのは」

職人の一人が問うたが、新助は首を横に振った。

「身が大味で、臭みもあるもので、とても刺身などには向きません。もっぱら練り物に使います。うまく山芋などと合わせてやると、それなりの蒲鉾(かまぼこ)などになりますので」

「新助さんはその手でつくったことがあるんですね？」

ここぞとばかりに、道庵がたずねた。

「……はい」

新助はうなずいた。

「それをどこでつくってたんです？」

医者はさらに踏みこんだ。

「あなたは宗八鰈という江戸にはない魚を使って、蒲鉾をつくっていたんです。そこまで思い出せたんですから、もうあと一歩のはずですよ」

美津も身を乗り出して言った。

新助は目を閉じ、額に手を当てた。

だが……。

肝心なところだけ、どうしても思い出せないようだった。

「その記憶の蔵にだけ、しっかりと錠が掛かっているような感じで」

目を開けると、新助は眉間にしわを寄せて答えた。

「まあ、そのうち何かの拍子で鍵が開くでしょう」

新助のつらそうな様子を見て、医者がさっと切り上げた。

「なら、さばき方を教えよう」

幸助が言った。

「お願いします」

新助は頭を下げ、ほっと一つ太息をついた。

そのとき、勝手口のほうから天秤棒をかついだ男が入ってきた。

玉川のほとりに住んでいる巳之次という男だ。女房のおみねとのあいだには子が次々に三人でき、もうずいぶん大きくなった。

巳之次は玉川のほうから活きのいい川魚や野菜などを運んできてくれる。仕入れあっての飯屋だ。いかに水がうまくても、いい食材がなければうまい料理にはならない。

海は品川の救け組を中心とする漁師たち、川は玉川、魚の恵みには事欠かない。

田や畑にも恵まれている。坂を上れば山になり、茸や山菜が採れる。その向こうの居木橋村も、南瓜などの産物で名が響いている。そういったとりどりの恵みが、川の水が寄り合わさってくるようにしみづやに集まってくるのだった。

もっとも、運んでくるほうもあきないだから、利を出そうとする。そこでせめぎ合いが起きるが、幸助は必ずそのつど銭で払い、その分安く仕入れるというやり方にしていた。江戸ではいつ火が出るか分からない。当座の銭が入るほうがなにかと安心だ。

「今日はいい青菜が入ってます」

巳之次が笑顔で言った。

畑の土によって、同じ野菜でも味が違ってきたりする。巳之次が運んでくる青菜、ことに小松菜は苦みが少なく、味が濃いというもっぱらの評判だった。

「なら、あしたは膳に青菜のお浸しを入れよう。芥子和えでも胡麻和えでもいいな」

平目をさばきながら、幸助が言った。

「承知しました。だったら、全部置いときまさ」

巳之次はさっそく品をおろしはじめた。

「青菜なら、いろいろ扱ったことがあるだろう？」

幸助が新助にたずねた。

「はい。つるむらさきなどを、よくお浸しにしました」

「つるむらさき？」

いぶかしげに顔を上げた拍子に、おさよと目が合った。

娘も首をかしげた。

おさよは青菜が好きで、大根菜などを裏の畑で育てているほどだ。だが、つるむらさきという菜っ葉は聞いたことがなかった。

「少々あくはありますが、長めにゆでてやるとおいしいです。いくらかぬめりがあって、身の養いにもなります。天麩羅にもよく合います」

新助はよどみなく言った。

「それはどこで採れるんだい。北かい？　南かい？」

幸助は問うたが、新助はまた黙りこんでしまった。

ほどなく、平目の黒皮づくりができあがった。

黒皮のついたほうをおろし身にして、布巾をかける。その上から湯を注ぎ、皮が縮んだところで素早く水に取る。これで平目の身がぎゅっと締まる。それから刺身につくり、薬味を添えてだし醬油でいただく。

「これはお酒が進むねえ」

隠居が相好を崩した。

「こりこりしてて、うめえや」

「平目が成仏してるぜ」

漁師たちの顔もほころぶ。

「ここにまたえんがわと肝が来るんだから、こたえられねえや」

「昼の膳も、それからの酒もしみづやだね」

職人衆も上機嫌だった。

そのなかで、新助だけが浮かない顔をしていた。

無理もない。

おのれがだれか分かっていないのは、新助だけだった。

三

新助は見世の裏手の物置小屋で寝ることになった。

座敷に布団を敷いて寝ることをみなが勧めたのだが、新助は固辞した。

「雨露をしのぐことができれば、それで十分なので」

新助はそう言って、狭苦しい裏手の小屋を選んだ。

朝早く起き、清水の井までいくたびも往復して水を汲む。幸助から言われたことはすぐさま呑みこみ、正しく手を動かす。まずは非の打ちどころのない働きぶりだった。

しみづやの客には、新たに弟子入りした料理人を志す男だということにしておいた。手つきは鮮やかだから、だれもいぶかる者はいなかった。

「こりゃあ、ずいぶんと男前のお弟子さんじゃねえか」

「役者になっても人気が出ただろうよ」

「いずれ見世を開いたら、常磐津のお師匠さんらが群れをなして押し寄せてくるぜ」

客は口々に勝手なことを言った。

はじめはかたい表情だった新助だが、たまには笑みを浮かべるようになった。

「いらっしゃいまし」「ありがたく存じました」の声もそれなりに出た。

それでも、客の波が引くと、ふと寂しげな顔つきになることがあった。物思いにふけっていて、おさよが声をかけづらいときもあった。新助はじっとむぎのほうを見ていた。

あるおり、座敷の片付け物の途中で手を止め、新助はじっとむぎのほうを見ていた。

猫はしげしげと見られるのを嫌うことがある。喧嘩(けんか)を売られていると料簡(りょうけん)してしまうのだ。

むぎもそうだったらしく、背中をまるめ、ふーっと声を発して威嚇した。その目を、なおも新助はじっと見つめていた。

「どうしたの、むぎちゃん」

おさよが声をかけた。

尋常ならざるものを感じたのかどうか、猫はぶるぶるっと身をふるわせてから去っていった。

「こうやって……」

新助が額に手をやった。

何かを思い出そうとしているように見えた。

厨(くりや)から、幸助も案じ顔で見ている。

「猫の瞳(ひとみ)をじっと見ていたような気がする」

いくぶんしゃがれた声で、新助は言った。

「猫の瞳を？」

「ああ。どこかは分からないが」

新助はそう言うと、額から手を外し、軽く首を振った。

「猫を飼っていたのかしら」

「分からない……そうじゃないような気もする」

「でも、飼っている猫だから、じっと瞳を見たりするんじゃないかと」

当初はどぎまぎするばかりで、ろくに会話にならなかったおさよだが、やっと普通に話せるようになった。

「猫を飼っていたのだろうか」

新助は腕組みをした。

どうやら頭の中の景色がまだらになっていて、思い出せるところはまだかぎられているようだ。

「わたしは、だれだろう？」

半ば独りごちるように、新助は言った。

おさよは胸がつぶれるような思いだった。

もしおのれがだれか思い出せなくなったとしたら、どんなに不安でいたたまれない思いになるだろう。

(本当に、この人はだれなのかしら。いったいだれに襲われたのだろう。襲われたのに、巾着（きんちゃく）の中身は無事だった。そうすると、命を狙われたのかしら。いったいだれに？)

いくら考えても、堂々巡りになるばかりだった。

「いらっしゃいまし」

おつうの声が響いた。

しばらく凪（なぎ）のように客がとだえたが、一日の仕事を終えた左官衆がのれんをくぐってくれた。

「いらっしゃいまし」

おさよが母に続くと、新助も立ち上がって頭を下げた。

「おう、新入り、慣れたかい」

左官衆の親方が気安く声をかけた。

「はい、なんとか」

「なかなかの腕だそうじゃねえか」

「滅相もないことです」

「諸国を旅から旅の料理人だったんだろう？」

いつのまにか、そういううわさになっていた。

「いや、それが……」

「せんば汁をつくるぞ。平目をさばいてくれ」

新助が困った顔つきになったので、幸助がうまく助け舟を出した。

せんば汁の名の由来には諸説がある。大坂の船場の商家が、倹約のために鯖と大根の潮仕立ての食べ物を好んだところからその名が付いたとも言われるが、異説もかなり有力だった。

その昔は鳥が材料で、煎羽と書いた。ほかにも鯛などの高級な魚でつくっていたのだが、いつしか鯖を中心とする安価な料理になってしまったとする説だ。

いずれにせよ、街道筋ではわりと当たり前の料理だった。掛川あたりでは章魚のせんば煮が名物だ。むろん、しみづやの料理にも合う。

「平目のいいところはそのまま刺身にする。うまく形が合わなかった端っこのほうをせんば汁にするんだ」

幸助が教えた。

「承知しました」

新助は呑みこみが早い。ただちに言われたとおりに手を動かした。

幸助は赤貝を細切りにしはじめた。平目と合わせると紅白で彩りもいいし、味も響き合う。

味つけは、酒を煮切ってだし汁を加え、塩で味を調える。酒が一、だし汁が三の割りだ。煮立ったところで平目と赤貝を入れ、火が通ればざく切りにした三つ葉を加える。

最後に入れる香り野菜が、椀(わん)の彩りと味をぎゅっと引き締める。素朴だが小技の効いた料理だ。

「平目の刺身に、せんば汁か。上品に塗られた白壁みてえな料理だな」

親方が左官らしい見立てをしたから、おのずとしみづやに和気が満ちた。

「おう、おまえも食え」

新助の腹が鳴ったのを察して、幸助が言った。

「遠慮しないで」

おつうも笑顔で言う。

「では……いただきます」

いくらか迷っていた新助は、おもむろに箸(はし)を取った。

そして、その手でつくった平目のせんば汁を食しはじめた。

汁を少し呑(の)み、平目と赤貝の身を食した新助は、ほっ、と息をついた。

「おいしい？」

おさよが問う。

「ああ……こんな汁を、どこかで呑んだような気がする」

新助は遠い目で答えた。

「どこで？」

おさよはさらにたずねた。

新助はもう少し汁を啜(すす)ってから答えた。

「……思い出せない」

第四章　蛤鍋(はまなべ)

一

翌朝、しみづやの一家は井戸まで水を汲(く)みに行った。

ちょうど水屋の要造(ようぞう)が来ていた。おつうとはいとこに当たる。水屋の当主として頼りになる男だった。

新助を紹介すると、いなせな水屋は笑みを浮かべた。

「いい水をふんだんに使えるんだ。うめえ料理をつくりな」

要造はそう言って励ました。

春は名のみの冷たい風だ。手分けして水桶(みずおけ)を見世に運び入れると、ようやくほっとひと息つける。

昨日はいい蛤がたくさん入ったから、塩水に一昼夜つけて砂をはかせてある。今日の昼の膳は、あさりの代わりに蛤を使った深川飯に蛤吸いという蛤づくしにするつもりだった。

そこへ、漁師の庄三が仲間の蔵六たちとともに魚を運んできた。

「けさは寒鰆のいいやつが獲れましたぜ」

庄三が自慢げに見せた。

その名のとおり、冬から春にかけてが旬の魚だ。寒鰆、さらに花見鰆と呼ばれて珍重されている。

「おお、こりゃ斑の入り方がきれいだな。こういうのがいい鰆なんだ」

幸助に教えられて、新助は小さくうなずいた。

「なら、数もあるし、昼の膳の焼き物にするか」

「蛤と鰆ね。じきに春も盛りになってくるわね」

おつうが言った。

「菜っ葉も合わせたほうがいいな。おまえら、畑へ行って採ってきてくれ」

幸助はおさよと新助に言った。

「それはそうと、あとでうちのかしらが来るって言ってました」

庄三が伝えた。

「救け組の元太さんが？」

と、おつう。

「へい。しみづやさんのお耳に入れたいことがあると」

「あの子が……忠助が何か良からぬことをしでかしたのかしら」

おつうの顔が曇る。

「まったく、ろくでもねえやつだ」

幸助は吐き捨てるように言った。

「いや、そうじゃねえみたいなんですが……」

庄三はそう言って、新助のほうをちらりと見た。

幸助とおつうは、すぐさまそれと察した。

どうやら新助に関わることらしい。

「なら、見えるのは昼過ぎかい？」

幸助が問うた。

「時分どきを外してうかがいまさ。いつもは『はし』なんですが」

「だったら、『はし』さんに負けないように気張っておいしいものをつくらないとね、おまえさん」

おつうの言葉に、幸助は「おう」と右手を挙げた。

二

畑に日が差すと、いくらか寒さがやわらいできた。

背に負ってきた籠（かご）を下ろすと、おさよと新助は大根菜の収穫を始めた。

まだ若菜の大根の葉はあくも少なく、お浸しや胡麻（ごま）和（あ）え、それに吸い物の具に漬物と、八面六臂（はちめんろっぴ）の働きをしてくれる。

「新助さんも、こうやって畑をつくったりしてました？」

おさよのほうから声をかけた。

「畑か……」

新助は手を止めて思案した。

相変わらず、記憶はまだらなままだった。肝心なところは厚い雲に覆われていて、いっこうに解（あか）しの光が差してこない。

「指を見ると、お百姓さんのものじゃないみたいですけど」

「そうだな」

短く答え、新助はわが手をじっと見た。

思い出せないのは、おのれの名や仕事ばかりではなかった。

生国（しょうごく）はどこか、家族はいたのか。何一つ分からない。

「根を抜かれた、この菜っ葉みたいなものだ」

新助は寂しそうに笑った。

「むぎちゃん、だめよ」

籠に入って遊びだした猫に向かって、おさよは声をかけた。籠や箱など、とかく猫は狭いところに入りたがる。

「どこで猫の目を見ていたのだろう」

新助はなおも首をかしげた。

どうやらそのあたりが解明の手がかりになりそうなのだが、明るいところで猫を見てもまったく見当がつかなかった。

収穫した大根菜は、清水の井に運んで洗うことにした。

すると、先客がいた。男が二人だ。

どうやら勝手に水を汲んでいるようだが、あまり人相が良くない。

おさよはまず新助に耳打ちをした。

「ここは、しみづやが利を持っているんです。なのに、ときどきこうやって……」

「分かった」

新助の息遣いがはっきりと聞こえたから、おさよのほおが少し上気した。

「恐れ入りますが、しみづやが利を持つ井戸でございます。勝手に水を汲まれては困ります」

新助ははっきりした口調で告げた。

「なんだと？」

「わいてる井戸の水を、おれらが汲んで何が悪いんだ？」

ほおに刀傷のある男が、いやな目つきで言った。

「ここは、うちのおっかさんの血筋が掘った井戸で、代々、水の利を持ってるんです」

おさよが気丈に言った。

「水の利だって？　んなもんは、閻魔組の知ったこっちゃねえや」

「閻魔組だと？」

と、新助。

「おうよ。地獄の閻魔の集まりだ。人の指図は受けねえやい」

悪相の一人があごをしゃくった。

「なら、公儀の指図を受けてもらおう。火付盗賊改が動いたら、おそらく一網打尽だと思うが」

新助はすらすらとそんなことを口走った。

「おめえ、ただの百姓じゃねえのか」

ならず者の顔つきが変わった。

新助はゆっくりとうなずいた。

そして、いくらか芝居がかった口調で告げた。

「おまえらのねぐらを探って網にかけることなど、造作もないことだ。汲んだ水だけは見逃してやるから、早々に立ち去れ」

そう言ってにらみを利かすと、刀傷のあるほうが舌打ちをした。

「かしらに相談したほうがいいですぜ、兄ィ。ほんとに火盗改に動かれたら事だ」

「分かってら」

もう一人がいらだたしげな顔つきになった。

「覚えてろ」

そう捨てぜりふを残すと、閻魔組と名乗ったならず者たちは清水の井から立ち去っていった。

「ありがとう、新助さん。でも……」

おさよは言葉を呑みこんだ。

ずっと町人だと思っていたけれど、いまのしゃべり方はそうじゃなかった。

本当にこの人はだれだろう……。

その思いは、新助も同じだったらしい。

風の中にたたずみ、新助はしばらく山のほうを見ていた。

鳥が舞っている。

翼を広げた黒い鳥が、いま林を越え、山の向こうへ去っていった。

そのゆくえを、新助はじっと目で追っていた。

三

「あさりの深川飯はなんべんも食ったけど、蛤もいいねえ」

客の一人がうなった。

「身がぷりぷりしてて、深川飯にするとまた格別だな」

「これに、蛤吸いがつくんだぜ」

「こたえられねえな」

客の評判は上々だった。

昼の膳が次々に出る。幸助の指導のもと、新助も厨で手を動かしていた。

「この魚の焼き物もうめえじゃねえか」

「焼き加減もちょうどいい」

「たれもうめえぞ」

これまた、なかなかの好評だった。

寒鰆と大根菜は胡麻醤油焼きにした。

平たい鉄鍋に油を敷き、片栗粉をはたいた鰆の身を焼く。焼き目がついたら裏返し、空いたところでざく切りにした大根菜を炒める。

たれは醤油、味醂、酒、砂糖、それにすり胡麻だ。身があっさりしているから、甘辛く味つけしてやるとちょうどいい。

鰆の両面が香ばしく焼けたところでたれをからめ、ひとしきり鍋をゆすりながら味をしみこませていく。頃合いになったら火を止め、器に盛ってさらにすり胡麻を振れば出来上がりだ。

「うめえ」

「魚と菜っ葉を一緒に食ったら、ほっぺたが落ちるぜ」

客の箸は止まらなかった。

こうして昼の膳があらかた終わり、客の波が引いたころ、隠居の跡部作右衛門に少し遅れて、救け組の面々がのれんをくぐった。

かしらの元太はもう三十代の後半になっているが、男っ振りはますます上がり、渋い色気が漂っている。

ほかにも若竹色の法被が揺れた。漁師の庄三より年かさなのは、元太の片腕の寅吉、知恵者で鳴る丑松、遠目の利く安次郎だ。あとは若い衆がいくたりかいる。隠居は厨に近い長床几に座り、救け組の面々は座敷の奥に陣取った。

「ご無沙汰でございました」

おつうとおさよがさっそく通しを運んでいった。

切干大根と油揚げの煮付けだ。素朴でほっとする味がする。

「こちらこそ、無沙汰だったな」

元太が白い歯を見せた。

「おさよちゃん、見るたびにきれいになるじゃねえか」

寅吉が世辞ではない口調で言った。

「そりゃあ、十五……だったっけ？」

丑松が問う。

「もうじき十六です」

「そろそろ嫁に行く頃合いだからよ」

「見るたびにきれいになってくはずだ」

「おやっさんも心配だね」

若い衆が厨に声をかけると、幸助はあいまいな笑みを浮かべた。

「話に出てたあの新入りの料理人、やけに男前ですね、かしら」

安次郎が小声で言った。

「ああ、役者でもつとまりそうだ」

「おさよちゃんと似合いですぜ。歳恰好もちょうどいい」

寅吉がいくらか身を乗り出す。

里吉という長男を筆頭に、かわいい女房とのあいだに四人の子に恵まれている。

少し腹は出てきたが、かえって貫禄のついた海の男だ。

「なら、手の空いたところで話を聞くことにしよう。まずは腹ごしらえだ」

元太が言った。

とりあえず、ひとわたり料理が出てからだ。

「あいにく深川飯は出てしまいましたが、蛤はまだまだふんだんにございます。あとは、けさ入れていただいた鰆も焼き物にできます」

手をふきながら厨から出てきた幸助が告げた。

「だったら、鍋がいいかな」

元太が腕組みをした。

「そうすね、かしら。まだちょいと冷えるし」

「蛤鍋で行きましょう」

ただちに話がまとまる。

「では、蛤鍋で。あとは鰆などの焼き物をお持ちします」

「おう、頼む。切りがついたところで、お弟子さんと一緒に来てくれ」

元太が座敷の空いているところを指さした。

一人で来ている隠居には鍋というわけにもいかないから、蛤の焼き物を出した。

まず、松風焼きは、蛤のむき身をたれにつけておく。酒、味醂、醬油を同じ割りにしたたれだ。

たれがしみたところで串(くし)を打ち、さっと香ばしく火であぶり、芥子(けし)の実を散らせば出来上がりだ。表は芥子が散って華やかだが、裏(浦)は寂しいから松風焼きの名がついた。これで酒の肴(さかな)に悪かろうはずがないひと品だ。

同じ焼き物で、木の芽焼きも供した。こちらは醬油だけ塗ってあぶり、山からの春のたよりである木の芽を散らす。きれいに洗った大ぶりの蛤の殻に盛れば、上品でひときわ興趣が増す。

厨で手を動かしながら、幸助は新助に子細を告げていた。

「どうやら、おまえさんが襲われたとき、救け組の人たちが居合わせていたようだな。今日はあとでそういう話だ」

「すると……だれに襲われたかも」

「ああ、分かるかもしれねえ」

蛤鍋の支度をしながら、幸助は言った。

と言っても、しみづやの蛤鍋には何も入れない。蛤のほかの具も、清水の井から汲(く)んできた水のほかの調味料も、いっさい入っていない。

酒も塩も醬油も足さない。いい水があれば、それだけでいい。うま味はすべて蛤（はまぐり）が出してくれる。期せずして、潮（うしお）仕立ての絶品の汁になる。だから、何も足さない。水と蛤だけでいい。

「お待たせいたしました」

おつうが鍋を運んでいった。

「取り皿です」

おさよも手伝う。

土鍋の蓋（ふた）を取ると、歓声があがった。

「こりゃこたえられねえや」

「ひと回りしたら次のだぞ。いっぺんに食うな」

「へい、承知」

わいわい言いながら鍋をつつく。

隠居には蛤吸いが出た。

「いい味が出てるね」

「江戸前の蛤ですから」

と、幸助。

「海の恵みだよ」

跡部作右衛門はそう言って、心持ち目を細くして椀(わん)を口に運んだ。

焼き物も出た。酒も回った。

いよいよ機が熟した。

新助を襲ったのは何者なのか、座敷で話を聞くことになった。

四

「仲間に『しみづや』の前で倒れてた男の話をしたら、急に身を乗り出してきた人がいましてね」

庄三がそう切り出した。

「おいらだ」

と、手を挙げたのは、遠目の利く安次郎だった。

「そりゃあ夜廻(よまわ)りのときのやつじゃねえかな、とすぐ察しがついた。なあ、十蔵(じゅうぞう)」

文政のころはまだ使い走りだった安次郎も、ひとかどの兄貴分になっている。若い衆にそう声をかけた。

「へい。おいらが割って入ったときのやつだろうと」

救け組に入ってまだ日の浅い男が言う。胸板が厚く、腕っ節の強そうな若者だ。

いきさつは、こうだった。

救け組はもっぱら浜の見廻りを行っている。夏などは品川の海へ泳ぎに入り、溺(おぼ)れかけたりする者も出る。ときには身投げを試みる者もいる。そういったことが起こらないように、なりわいとはべつに進んで見廻り役を買って出たのだった。

そういった救け組の働きは品川の衆に認められ、若竹色の法被を着ているだけで頭を下げられるようになった。かつては「黒夜叉(くろやしゃ)」をはじめとするならず者たちが跋扈(ばっこ)していた宿場町も、すっかり住みよいところになった。

そのうち、救け組にこんな要請が出された。

浜の見廻りもありがたいけれども、できることなら山のほう、ことに夜廻りをしてもらえると助かる。ひと肌脱いでもらえないだろうか。

そう請われたら、嫌とは言えないのが救け組の面々だ。たしかに、海のほうでは悪さをするやつはいなくなったが、街道筋から山のほうでは、折にふれて盗(ぬす)っ人(と)などが出る。火の不始末も心配だ。

そこで、二人一組になり、交替で夜廻りに出ることにした。救け組の主力は、朝の早い漁師だ。さらに早起きをして、山の夜廻りをしてから浜に戻ればいい。

「その夜廻りの途中で、やにわに声が聞こえたんで」

安次郎が言った。

「あわてて駆けつけたら、この人が襲われてたわけだな」

元太が新助を指さした。

「そのとおりで。おいらは夜目も利くので、動きが見えました」

安次郎がおのれの目を指さす。

「だったら、襲ってきたやつの顔も見ているわけだね?」

長床几（ながしょうぎ）で猪口（ちょく）を傾けながら、跡部作右衛門がたずねた。

いまは隠居とはいえ、元は町方にその人ありと言われた廻り方同心だ。勘どころを外さない問い方をする。

「いや、人相までは分からなかったです。あいにく月あかりがなかったもんで」

安次郎は口惜しそうに言った。

「でも、お侍かどうかとかなら分かったんじゃないでしょうか」

幸助が口をはさんだ。

「それが……」

安次郎は小首をかしげてから続けた。

「ちらっと見えた頭はお侍の髷じゃなかったんです」

「すると、やくざ者か何かかい？」

隠居が問う。

「やくざ者にも見えませんでした。どうも、医者みてえな総髪に見えたんでさ」

「医者……」

新助がぽつりと言った。

「医者かどうかは分かりませんぜ。学者かもしれねえ。とにかく、髪形がちらっと見えただけで」

安次郎はそう言うと、十蔵のほうへあごをしゃくった。

「で、その医者みてえなやつが、長え棒を振り回して襲ってたんでさ」

「棒を……」

いくらか離れたところで聞いていたおさよは、思わずそうつぶやいた。

新助のうしろあたまは、たしかに棒かなにかで強く殴られていた。

「声を聞いたんだろう？」

元太が言う。かしらはむろんあらかじめ話を聞いている。

「へい。棒を振り回していた男が『犬め！』と叫んだんで」

「おいらも聞きました」

安次郎は、今度は耳に手をやった。

「はっきりと『犬め！』と憎々しげに叫んだんです」

何とも言えない間があった。

若い衆が一人、蛤の殻を皿に置いた。その音が、かさりと響く。

「わたしに向かって、『犬め』と」

喉の奥から絞り出すように、新助は言った。

おさよは胸に手を当てた。心の臓の鳴りがずいぶんと速くなっていた。

「それで、いけねえと思って止めに入ったんだよな？」

場が重くなったのを察して、寅吉が言った。

「もちろん、いきさつはよく分からなかったんですが、夜廻りのときは樫の棒を提げてるもんで」

十蔵は身ぶりをまじえて言った。

「よせ、って言って躍り出たら、その総髪の野郎が襲いかかってきたんで、死に物狂いで迎え撃ちました」

「そのすきに、新助さんは逃げたんだね。御殿山へ続く坂からここまで、畑を突っ切ったらちょうどたどり着く」

土地鑑のある隠居が言った。

だんだん平仄が合ってきた。

十蔵が謎の総髪の男と応戦しているうち、新助は必死に逃げたのだろう。さしもの安次郎もそれを見失ってしまった。

しみづやの前の道にたどり着いたところで、新助は力つきて倒れた。それをおさよが見つけたというなりゆきに相違なかった。

「棒を持っていた男は、それからどうしたんだい？」

隠居がなおもたずねた。

「たしか、『われらの邪魔立てをするな』と捨てぜりふを残して、坂を駆け下りていきました。提灯を持ってたかどうかは知りませんが、持ってたとしても灯は消えてたんで、跡を追うのはあきらめたんでしょう」

「『われら』と言ったんだね」

隠居は身を乗り出した。

「丑と同じところに引っかかってますね、跡部様」

元太が笑みを浮かべた。

跡部作右衛門がまだ臨時廻り同心だったころからの長い付き合いだ。

「やくざ者だったら、どう間違っても『われら』とは言いませんからね」

知恵者の丑松がこめかみに軽く指をやった。

新助はずっと額に手を当て、考えに沈んでいた。その端整な顔が、いとも苦しげにゆがんでいる。

「何か思い出しそう？　新助さん」

見かねておさよが問いかけた。

新助は首を横に振った。

そして、重い声でだれにともなく言った。

「わたしは、『犬め！』という言葉を投げつけられた」

またしみづやに沈黙が漂った。

「まさか、犬目という名字じゃないでしょうが」

丑松がそんなことを口走ったから、空気がほんの少し和らいだ。

「そんなオチだったら大笑いだぞ」

と、寅吉。

「いや、考えられることはひとわたり考えとかないと」

　丑松は大まじめな顔つきで答えた。

「わたしは……犬よばわりされることをしでかしたんでしょうね」

　暗い顔つきで、新助は言った。

「そうともかぎらねえさ。向こうが何か逆恨みをしたのかもしれない。気に病まねえほうがいいぜ」

　元太はそうなだめたが、新助の表情はいっこうに晴れなかった。

「襲ってきたのが医者だとしたら、新助さんが薬などに詳しいことと何か通じ合ってきやしないかい？」

　隠居が新たな光を投じた。

「ああ、なるほど。医者同士の縄張り争いとか」

　幸助がひざを打つ。

「新助さんは薬に詳しいのかい？」

　元太がだれにともなく問うた。

「ええ。斜向かいの道庵先生が治療に当たられたんですけど、ずいぶんびっくりされていました」

少し迷ってから、おつうが答えた。

「あんた、医者だったのかい？」

裏表のない寅吉が、真っ向からたずねた。

「……思い出せません」

新助がうめくように答える。

「旅姿（たびすがた）だったんだから、薬売りってことも考えられますね」

丑松が知恵を出す。

「つじつまが合いそうで合わねえな。それなら、どうして『犬め』と言われて襲われたんだ？」

元太が問う。

「さあ、くわしいいきさつは分かりませんが……」

丑松は首をひねってから、やおら額を指さした。

「ここにそういういれずみをするところもあるって聞いたんですが」

「犬、だな」

元太が顔をしかめた。

罪を犯した者は、江戸では二の腕にいれずみを入れてすぐ分かるようにする。だが、なかにはもっと分かりやすく、額に「犬」という字を彫りこむところもあった。

「新助さんの腕はきれいだわ。そんな前科者じゃない」

きっとした顔で、おさよが言う。

「でも、『犬め』と言われたんだから、悪いことをしていたのかもしれないよ」

新助の眉間にしわが浮かんだ。

「新助さんは、悪い人じゃないわ。わたしには分かる」

おさよはさらに肩を持った。

たとえ額に彫り物がなくても、何かの咎人だったと総髪の男は言いたかったのではないか。

丑松はそう言いたかったのだが、おさよの様子を見てそれ以上は強く押さなかった。

「犬ってのは、獣偏の狗かもしれないね」

間合いを図って、今度は跡部作右衛門が言った。

「なるほど。『われらの邪魔立てをするな』というせりふと、それで通じてくるような気もしますね」

丑松が軽くひざを打った。

「おれにはいっこうに分かりませんぜ、丑の兄ィ」

「知恵の回らねえおいらにも分かるように教えてくだせえやし」

若い衆が口々に言った。

「『われら』と言うからには、敵は武家筋だろう。どこかは知らねえが、本家筋と分家筋が張り合ってるような藩はほうぼうにあるだろうよ」

丑松はそう言ってにやりと笑った。

「でも、向こうは医者ですよ、丑の兄ィ」

「新助さんだって旅姿に身をやつしてたんだ。本物の医者かどうか知れたもんじゃねえ」

「あっ、向こうもやつしだと」

「そう考えるのが本筋だろうよ」

そこでまた息が入った。

新助は相変わらず苦しげな顔つきをしていた。

無理もない。

これだけ外堀が埋まっても、なお肝心な記憶が抜けたままだった。なぜ「犬め」などというひどい言葉を投げつけられたのか、いきさつがまったく分からない。

「ところで、宗八鰈（そうはちがれい）っていう魚をご存じですか」

幸助が元太にたずねた。

「ああ、その話は庄三から聞いた」

若い衆をちらりと見てから、元太は答えた。

「宗八っていう名前かどうかは分からねえが、北の海で獲（と）れる鰈は、江戸前の鰈と違って臭くてまずいっていう評判だ。新助さんはそれを使って蒲鉾（かまぼこ）をつくってたんだろう？」

「え、ええ……そういう記憶が」

「だったら、北のほうから江戸へ帰ってきたところをやられたに違いねえ」

「つるむらさきもそうなんで」

丑松が和した。

「北のほうじゃ、わりと普通に採れる菜っ葉だそうで、ずいぶんと身の養いになるようでさ」

「北のほう……」

新助は頭に手をやった。

まだ包帯が巻かれているが、ひと頃よりは小さくなった。道庵の診立てによれば、もう心配はないということだった。

「まあ、なんにせよ」

隠居がまとめにかかった。

「この歳になると、なにかと物忘れをするようになってしまうんだが、ふとした拍子に思い出したりするもんだ。それを待つしかないね」

温顔で語りかけると、新助はようやくかすかな笑みを浮かべた。

第五章　宗匠帽の男

一

その晩、新助は嫌な夢を見た。

しきりに犬がないている。

そのなかを、だれかに追われて、新助は闇の中を逃げていた。

どこにも灯り（あか）はない。どちらへ逃げればいいのか、まったく見当がつかなかった。

手を振って逃げたいが、壁か天井か、何かに当たって動かせない。

足もそうだ。大地を蹴（け）って思い切り走ることができなかった。

（ここはどこだ？

どうしてこんな狭いところに押しこめられているのだろう）

夢の中で、新助は思い出そうとした。

だが、黒い縞模様のようなものが流れていくばかりで、いっこうに何も思い出せなかった。

「いたぞ」

うしろから、声が聞こえた。

「犬がいたぞ」

「殴り殺せ」

「犬は殺してしまえ」

切迫した声が、幾重にもかさなって響いた。

いまにも襲われる。

うしろから棒で殴られ、殺められてしまう。

新助はふところを探った。

ここに大事なものが入っている。盗られてはならない。

だが……。

手ごたえがなかった。たしかにそこに入れたはずのものがない。

「犬め！」

ついそこで、声が響いた。

おそれが新助の心を満たした。

目を瞠(みは)ると、闇の中にかすかな灯りが見えた。

あれは……猫の目だ。

そう悟った刹那(せつな)、身がふっと軽くなっていった。

新助は夢から覚めた。


べっとりと寝汗をかいていた。

新助はいくたびも瞬(まばた)きをした。もう夜が明けかけているらしい、おのれがどこにいるかうっすらと見ることができた。

しみづやの裏手の小屋だ。

ほっとするとともに、またべつのおそれが生じた。

相変わらずおのれがだれか思い出すことはできないが、襲われて危うく命を落とすところだった。

何のために襲われたのか、「犬め！」と罵(ののし)られたのか、それもまだ分からない。

しかし……。

襲われるのが、わが身だけならいい。

万が一、しみづやに累が及ぶことになったら、悔やんでも悔やみきれない。

命を狙われたり、かどわかされたりするとすれば、娘のおさよだろう。もしおさよの身に何かあったとしたら……。

そう思うと、もう目がさえて眠ることができなくなった。

新助は藁を敷きつめた寝床から起き上がり、小屋の外へ出た。

身を切るような冷たい風が吹いていた。桜の花のつぼみがほころんできた時候だが、明け方の風はまだ冷たい。

新助が向かったのは、清水の井だった。

せっかく早起きをしたのだから、恩を受けたしみづやのために水を汲みにいこうと思い立ったのだ。

いくらか坂を上ると、行く手に林が見えた。そこを突っ切っていけば、やがて居木橋村に出る。

このまま逃げてしまおうか……。

ふと、そう思った。

だが、行いには移さなかった。一つの面影がだしぬけに浮かび、新助を思いとどまらせたからだ。

それは、おさよの顔だった。

二

その日は山から春の便りが入った。

筍(たけのこ)だ。

いい筍をずいぶん仕入れられたから、筍づくしの膳(ぜん)にすることにした。

まずはあく抜きだが、新助は驚くようなやり方を教えた。普通は米のとぎ汁に唐辛子などを加えてゆで、ていねいにあくを抜いていくのだが、謎の料理人は違うやり方を知っていた。

まず皮ごと縦半分に割る。大根おろしをすったときに出る汁と水を同じ割りにしたものに塩をまぜ、割った筍をつける。

一刻(とき)半（約三時間）ほどつけると、ふしぎなほどあくが抜ける。皮をむいて、細かく切ってからつければ、ほんの半刻でいい。

使う前にさっとゆでれば、香りだけが残るぷりぷりした仕上がりになる。

「驚いたな。どこでこんなやり方を覚えたんだ？」

幸助がたずねたが、新助はあいまいな笑みを浮かべるばかりだった。

どこで覚えたのか思い出せないが、そのやり方だけが頭の芯（しん）から泉のごとくにわいてきたのだ。

「まあいいや。なら、今度はおれがつゆかけ仕立ての筍飯を教えてやろう」

「つゆかけ仕立てですか？」

さしもの新助も、それは知らないようだった。

「うちの筍飯は評判なんですよ」

おつうが笑みを浮かべる。

「いい筍が入るのを待ってるお客さんも多いんです」

おさよも和した。

しみづやの筍飯のつくり方は、こうだった。

食べよい大きさの薄切りにした筍を、ごはんとともに普通に炊きこむ。器によそったら、せん切りの海苔（のり）と木の芽をのせ、その上からだしをかける。醤油（しょうゆ）と塩で味を調えておいたあつあつのだしをかけ、まぜて食せば、えも言われぬうまさだ。

「おいしいですね、これは」

勧められて舌だめしをした新助がうなった。

「筍の風味がいちばん出る飯がこのつくり方なんだ」

「汁はどうします？　昼の膳につけますか？」

「筍飯のだしだけじゃ、ちょいと汁気が足りねえ。もうひと品つけるし、若竹椀も出すことにしようか」

「はい」

手を動かしていれば、とりあえず悪い考えを追い払うことができる。新助は幸助から教わったとおりに厨のつとめに励んだ。

もうひと品は、章魚と筍の酒醤油焼きだった。

章魚の足の皮を引き、ぶつ切りにして酒醤油につけておく。酒と醤油が同じ割りだ。これを焦がさないように気をつけながら、香ばしく網焼きにする。

筍は穂先のやわらかいところを使う。縦に四つに割り、金串を刺してあぶって、ほどよく酒醤油を刷毛で塗って焼きあげる。

「こうやって、焼き目が入るくらいにあぶればいい」

幸助は手本を示した。

その手元を、新助はじっと見ていた。

焼きあがった筍には、よくたたいた木の芽を添える。

「章魚と同じ皿にのせるんですね？」

新助が問うた。

「そうさ。章魚と筍ってのは音が似てるけど、ずいぶんと違うだろう？」

「山のものと海のものですから」

「それでも、同じ酒醤油であぶったら、どちらもうまくなるんだ」

幸助はそう言って笑みを浮かべた。

しみづやの筍づくしの膳はすこぶる好評だった。

「味の目先が変わってるから、筍ばかりでも飽きがこねえや」

「章魚と筍のかみ味が違って、こくがあるな」

「それに木の芽の香りが漂っててよう」

「若布のたっぷり入った椀もそうだが、春の恵みだなあ」

菓子の木型づくりの職人衆が口々に言った。

「ありがたく存じます」

鹿の子模様の桜色の手絡を髪にかわいく巻いたおさよが、笑顔で客に応えた。

「おさよちゃん、焼き物ができたよ」

新助が声をかけた。

客が立てこんでくると、昼の膳がいちどきにそろわないこともある。取り急ぎ、飯と椀だけ運び、焼き物は後回しにすることもあった。

「はあい、ただいま」

看板娘が元気よく答えるだけで、見世に華やぎが生まれる。

「お願いします」

新助からおさよに、焼き物の皿が渡った。

「はい、お待ちどおさまです」

そう言って左官衆に遅れていた皿を渡したとき、また二人の客が入ってきた。

「いらっしゃいまし。お座敷にどうぞ」

おつうが案内したが、みすぼらしいなりの二人はすぐ座敷に向かわなかった。厨のほうを見て、小声で何やら話をしていた。

座敷から戻るとき、おさよは思い当たった。

二人の男の言葉には、江戸では聞き馴れない妙な訛りがあった。

「こちら、お昼の膳でよろしゅうございますか？」

おつうがさらに問う。

男たちは声を出して答えなかった。ただ右手を挙げただけだった。

ほどなく、猫の絵描きの梅友が入ってきた。

「おお、いきなり腹を見せてごろんか」

道服の男はそう言って、むぎの腹をひとしきりなでてやった。

「御酒(ごしゅ)でございますか、先生」

幸助が問う。

「いや、今日は膳を食べに来たんだが、酒の肴(さかな)に良さそうなものがあるな」

焼き物を指さして言う。

「なら、一本おつけしましょう」

そのやり取りを聞いて、座敷の隅から手が挙がった。

「酒をくれ」

いま座ったばかりの二人組だった。

どこか口ごもったようなしゃべり方だ。その声を聞いて、新助の表情がそこはかとなく変わった。

「ちらほら咲きはじめた木もあるね」

長床几(ながしょうぎ)に腰を下ろした梅友が言った。

「桜ですか」

と、おつう。

「もちろん。ここはいいね。少し坂を上ったところに桜の木が植わってるから」

「清水の井へ水を汲む行き帰りに見物はできますけど、わたしらにとっては当たり前の景色ですから」

幸助が言った。

「たしかに、あそこで花見をしても気分が変わらないね」

いつも上機嫌の猫の絵描きが笑った。

少しずつ客の波が引いていったが、例の二人組はゆっくりと味わうように箸を動かしていた。

梅友が切り出したあと、しみづやのほうぼうで花見の話題が出た。このあたりなら御殿山が名所だが、足を延ばして飛鳥山や墨堤のほうへ行く算段をしている者もいるようだ。

「うちもお弁当を考えないといけないね、おまえさん」

おつうが言った。

「そうだな。毎年同じだと代わり映えがしないから」

「だったら、新助さんにつくってもらいましょうよ」

おさよが口をはさむ。

「おう、なら任せよう」

幸助はあっさりと言った。

「弁当はあまり……」

新助は首をかしげた。

「つくった記憶がねえか？」

「そうですね」

そんな会話をかわす二人を、正体不明の男たちがじっと見ていた。

おさよはそのまなざしに気づいた。

同時に、そこに含まれているものが何か、はたと思い当たって何とも言えない気分になった。

それは、敵意だった。

三

翌々日の昼下がり、時分どきを外して、梅友がまた姿を現した。

今度は一人ではなかった。跡部作右衛門と一緒だった。

「いらっしゃいまし、こちらへどうぞ」

ちょうど座敷の奥が空いた。おつうが二人を案内する。

「あとで、新助さんを」

梅友がおかみに小声で告げた。

「お座敷に？」

「ああ。ちょいと話があるんでね」

猫の絵描きの顔つきは、いつもとは少し違っていた。

「肴は任せで、酒を」

隠居が短く告げた。

「承知しました」

その様子を、おさよが不安げな様子で見守っていた。

今日は玉川からいい稚鮎が入った。幸助はこれを木の芽煮にした。

近所には竹細工の職人が住んでいるから、竹でこしらえた魚蒸しの網をつくって
もらった。中に魚を入れてたれにつけ、竹の先をまとめて軽く絞ると、按配よく煮

物ができる。

合わせだれは、酒、味醂、砂糖、醤油、水飴でつくる。甘辛い江戸の味だ。

四半刻（約三十分）ほど炊きこんで味がしみたら、たたいて香りを出した木の芽を盛り、ひとわたり冷めたところでお出しする。これから活力がみなぎってくる春にふさわしいさわやかな肴だ。

もうひと品、葱の味噌醤油焼きも出した。一寸あまりに刻んだ葱を味噌醤油地にひと晩つけ、香ばしく焼きあげた簡明な品だ。

しみづやらしい素朴な料理だが、見えないところで小技が効いている。味噌醤油地は、味噌と醤油と酒に加えて、粗ずりの白胡麻を加えるのだ。このひと味が、焼いたときに風味の衣となって返ってくる。

「どちらも、かむと味わいがあるね」

隠居が笑みを浮かべた。

「おれらの獲ってきた蛤も、うまく化けてくれた」

漁師の庄三が言った。

品川沖で貝桁網を引いて獲ってきた蛤は、酒の肴にはこたえられないしぐれ煮に化けた。浅蜊や小ぶりの帆立でもいける肴で、生姜のせん切りをほどよく加えるのが勘どころだ。

「ほんに、うめえ鮎に化けたよ」

　蔵六がまぜ返す。

「蛤が鮎に化けるかよ」

「なかにゃ化けるやつもいるだろうよ」

　そんな調子で見世はにぎやかだったが、新助は厨でかたい表情をしていた。

　梅友と隠居は何か話があるらしい。それがどうも良からぬことのように感じられてならなかった。

「そいつを揚げたら、座敷へ行きな」

　幸助が声をかけた。

「承知しました」

　新助は一つうなずき、稚鮎の天麩羅を揚げはじめた。

　稚鮎、若鮎、鮎と育つにつれて、調理法も変わっていく。天麩羅は稚鮎ならではの恵みの味だ。揚げたてにうま塩を振り、頭からがぶりとかんで食せば、えも言われぬ口福を味わうことができる。

　からりと揚がったものを盛り付け、座敷に運ぶと、ほうぼうから歓声がわいた。

「稚鮎の天麩羅でございます」

おつうとおさよが手分けして運ぶ。

「おさよちゃんが天麩羅になったようなもんだね」

「おさよちゃんはもう若鮎だよ。じきに鮎になるさ」

漁師たちが掛け合う。

ひとしきり揚げたての天麩羅を賞味したあと、隠居が新助を手招きした。

人の耳から遠いところに座らせ、やおら本題に入る。

幸助とおつう、それにおさよは厨のほうへ戻っていった。ただし、おさよはじっと様子をうかがっていた。

「おとついの帰りのことなんですがね」

猪口(ちょく)の酒を干してから、猫の絵描きが切り出した。

「何かあったんでしょうか」

新助が不安げに問う。

「そこの坂を下って、いくらか歩いたところで、『もし』とうしろから呼び止められたんです。振り向くと、御納戸茶(おなんどちゃ)の宗匠帽をかぶった、一見すると俳諧(はいかい)師らしい身なりの男が立っていました」

梅友の言葉を聞いて、元同心の跡部作右衛門がうなずいた。どうやら隠居はいきさつを聞いているらしい。

「俳諧師、ですか」

新助は首をひねった。

「いかにもそういういでたちでした。ただ……」

「ただ？」

束の間言いよどんだ梅友を、ただちにうながす。

「拙者はこういうなりわいですからな。顔を見ることにかけては、人よりいささか秀でているという自負があります。さらに言うと、俳諧をちとかじったことがありまして、俳諧師の知り合いがいくたりもおります。それと照らし合わせますと、どうもその男の衣装は身についておりませんでしてね」

ややまわりくどい言い方だが、梅友が言わんとするところは分かった。

「すると、俳諧師のなりをしていただけということですか」

「おそらく。宗匠帽をかぶれば、頭が特徴のある総髪だったとしても、首尾よく隠せますから」

梅友は頭にちらりと手をやった。

「その男は、二人の百姓風の男と何やら相談事をしていたそうなんだ」

隠居の言葉を聞いて、新助の心の臓がそこはかとなく鳴った。

おとついは、聞き馴れない訛りのある二人連れがしみづやののれんをくぐった。

ことによると、その男たちではないのか。

「俳諧師の俳ってのは『人に非ず』と書きます。ま、拙者みたいなものですな」

猫の絵描きは、今度はわが胸を指さした。

「しかしながら、その男は見るからに、眼光鋭い『人』でしてね。浮世を捨ててかかっているところがある俳諧師とはとても思えない目つきをしていたんです」

梅友は少し声をひそめ、座敷の様子をうかがった。

漁師たちは貝桁網のおもりの数について話をしている。その隣には竹細工の職人たちが陣取っているが、こちらも身内の祝い事の相談だ。人の耳は遠い。

「というわけで……」

隠居が座り直した。

「どうやら、新助さんの様子をうかがいに来たようなんだな。『しみづやの知り合いだが、何か変わったことはないか』と梅友さんにたずねたという話だから」

「変わったことはないか、と」

おうむ返しに言って、新助は顔をしかめた。

「つじつまの合わない話でしょう？　しみづやさんの知り合いなら、わが身がのれんをくぐって変わったことがないかどうかその目でたしかめてくればいい。常連の拙者の跡をつけてそんなことを訊(き)くのは不自然極まるじゃないですか」

梅友の言うことはいちいちもっともだった。

こらえきれないとばかりに、おさよが歩み寄ってきた。

「すると、その変装していた人は、新助さんを襲った人なんですか？」

娘がそう問うたから、庄三まではっとした様子で顔を上げた。

「そうとまでは言い切れないんだが、総髪を宗匠帽で隠していたとすれば……」

猫の絵描きはあとの言葉を呑(の)みこんだ。

「おいら、かしらに言ってくるぜ。また襲われたりしたら剣呑(けんのん)だ」

庄三が言った。

「そうだな。戸締まりは厳重にしておいたほうがいい」

「また新助さんの命を狙いに？」

おさよが気遣わしげな表情で問う。

「新助さんの身元に加えて、向こうの正体もまだいっこうに分からないが、用心するに越したことはない」

跡部作右衛門は昔の同心の顔で告げた。

「分かりました」

新助はそう答え、ぐっと唇をかんだ。

第六章　味の引き出し

一

坂の桜が咲きはじめた。

竹細工の職人の仕事場を過ぎ、いくらか左へ曲がると、正面にその木が見えてくる。

かつてこのあたりに住んでいた鍛冶屋(かじや)が、女房に死なれたときに植えた木だと伝えられている。木が育って花が咲けば、あの世から花見もできるだろうという思いのこもった桜だ。

その男もやがて死に、家は絶えて、風の吹く坂道に一本の桜の木だけが残った。

桜を過ぎると、ほどなく清水の井に着く。新助とおさよは、その日も朝から水を汲(く)みに出かけた。

「花どきは、よくこの桜のところで休んでいくんです」

おさよが笑みを浮かべた。

「ここまで上がると、うっすらと海が見えるね」

新助はいくぶん目をすがめて遠くを見た。

「ええ。お日さまを受けると、とってもきれいです」

「海が日の光を弾(はじ)くと、銀の盆の上でたくさんの魚が跳ねているみたいだ」

新助が指さす。

「ほんと……近くて遠いところで」

「近くて遠いところ、か」

感慨深げにうなずく。

「お兄ちゃんも、そういうところにいそうだけど」

ふと思い出したように、おさよが言った。

「忠助さんか」

「ええ。無事でいるのかどうか」

「心配だね」

「お兄ちゃんが悪い仲間と手を切って、しみづやに帰ってきてくれれば、おとっつぁんもおっかさんも安心するんですけど」

おさよはしみじみと言って、まだ三分咲きの桜の花を見た。

「……探してきてやろう」

いくらか思案してから、新助は言った。

「お休みの日に？」

おさよは問うたが、新助はあいまいな笑みを浮かべただけで答えなかった。

なぜ答えなかったのか、おさよはあとではたと思い当たることになる。

新助が書き置きを残し、しみづやを出たのは、その日の夜のことだった。

二

「そうだったのかい。こんな書き置きを残して……」

隠居がそう言ってうなずいた。

貼り紙を出すために、しみづやでは紙を用意してあった。その一枚に礼とわびをしたためて、新助は姿を消した。

「だれでも読めるように仮名を多く使っているが、なかなかの達筆だね。町人が書いたものとは思えない」

元同心の隠居は、読みやすいように少し紙を遠ざけた。

しみづやの昼の書き入れ時は終わった。いつものように客に応対していたが、おさよの肩はいくらか落ちていた。

「しみづやさんに迷惑をかけたくねえっていう気持ちは分かるがよ」

漁師の庄三が言う。

「おのれがだれかまだ思い出せねえのに、どこへ行こうってんだろう」

その向かいで、仲間の蔵六が首をひねった。

「まさか身投げなんかはしねえだろうがなあ」

庄三の言葉を聞いて、おさよはまた何とも言えない顔つきになった。

「おめえんとこのかしらに言って、浜の見廻(みまわ)りをちゃんとしねえとな」

「ああ、言っとくわ。救(たす)け組が網を張りゃあ、おっつけ居場所が分かるだろうよ」

庄三はそう請け合った。

その後は花見の話題になった。救け組の花見弁当を新助がつくることになっていたのだが、むろんそれどころではない。

「包丁仕事の心得があるんだから、どの土地へ行ってもそれなりにやっていけると思うがね」

跡部作右衛門が、半ばはおさよをなだめるように言った。

それでも、見世の看板娘の表情は晴れなかった。いまにも泣き出しそうな顔つきだ。

「そんな顔をするな、おさよ。見世が暗くなっちまう」

見かねて幸助が言った。

「でも、おとっつぁん、新助さんはもう帰ってこないの」

少し涙声でおさよは言った。

「縁があったら、また会えるさ」

隠居がなおも言ったが、おさよは首を横に振ると、わっと泣き顔になって見世の裏手のほうへ走り去っていった。

「……そういうことかい」

蔵六が小声で言った。

「まったく、罪作りなことをしたな、新助も」

と、庄三。

「でも、あいつの気持ちも分かるぜ。えたいの知れねえやつらに狙われてるんだ。この先、どんな目に遭うか分かりゃしねえ。世話になったしみづやにとばっちりをかけたくねえと思うのは人情だろう」

蔵六がうなずく。

「火でもつけられたら、泣くに泣けねえからな」

「よせやい、縁起でもねえ」

二人の漁師の奥には、曲げ物の職人衆が陣取っていた。指の胼胝(たこ)の出来具合で年季が分かる男たちだ。

「それにしたって、包丁仕事は思い出せるのに、おのれがだれか分からねえって、そんなことがあるのかよ」

額にねじり鉢巻きのかしらが首をかしげた。

「ひょっとしたら、芝居をしてるんじゃねえか？」

「何のためにです？」

「さあな」

かしらはやおら腕組みをした。

「芝居ってことはないと思うよ」

いくぶんかたしなめるように、隠居が言った。

「おのれの中に『思い出したくない』という心の芯みたいなものがあるから、思い出したくても思い出せないんだ。とても芝居をしているようには見えなかった」

「なら、その心の芯ってのは、いったい何ですかい？」

「それが分かれば苦労はしないよ」

跡部作右衛門は苦笑いを浮かべた。


そのころ、おさよは見世の裏手で桜を見ていた。

坂道の桜はじきに満開になるだろう。風が吹くと、毎年花びらが散ってくる。それを拾い集めてよく洗い、酢漬けにして桜飯にするのがしみづやの暦の一つだ。

（新助さんと一緒に花びらを集めて、桜飯をつくろうと思ってたのに……）

そう思うと、まだ桜色の衣が薄い木がぼやけて見えた。

おさよは坂道を見た。見世の裏手の畑からは、かなり先まで見通すことができる。その上手のほうに人影はなかった。竹林を抜け、山を越えて目黒川を渡れば居木橋村だ。

そちらのほうへ、鳶が一羽、ゆっくりと輪を描きながら飛び去っていった。

その鳥影を、おさよはじっと目で追っていた。

三

二日目の晩は雨が降った。

新助は雨宿りのために畑の小屋を無断で借りた。

居木橋村ではたくあん用の大根がよく採れる。寒風にさらして甘みを出してから漬けるのは冬の風物詩だが、その季（とき）も去ろうとしていた。

しみづやを出てから、ろくに物を口にしていなかった。あまりにもひもじいから、悪いと思いつつも干し大根を一本もらい、少しずつかじりながら雨が止むのを待った。

雨音を聞くと心がふさいだ。この世のすべてが重苦しい雨雲で覆われているかのようだった。

記憶はいっこうによみがえらなかった。初めの光明さえ差しこんでくれば、幕がするすると上がり、失われていた風景が戻ってくる。そんな予感だけはあるのだが、その初めの光が見えない。

だが……。

その光が見えることを、新助は恐れていた。

失われていた風景のなかにたたずむおのれは、恐ろしい姿をしているかもしれない。その体は、だれとも知れない者の返り血を浴びているかもしれないのだ。

（わたしは襲われるべくして襲われた。この手で、襲われるようなことをしでかしたからだ）

そう思うと、干し大根の皮がことさら苦く感じられた。

揉んで味出せ干し大根、と言われる。

干し大根はよく揉むと甘みが出てうまくなる。人も世の中で揉まれれば揉まれるほど味が出て成長するというたとえだ。

そのような瑣末なことは憶えているのに、肝心なところだけがきれいに抜け落ちていた。

新助はさらに考えた。

（わたしはなぜ命を狙われたのだろう。だれかの敵討ちか。わたしは人を殺めたのか。それとも……）

そこから先は堂々巡りだった。いくら思案をしても、行く手に黒々とした壁が立ちはだかるばかりだった。

身も心も疲れ果てていた。縄や農機具が雑多にほうりこまれている小屋で、新助は身を丸めて眠った。

そして、夢を見た。


夢の中で、新助は花見弁当をつくっていた。

木の芽を散らした筍ご飯に、海老の赤が鮮やかな手綱寿司、だし巻き玉子に切干大根の煮付け、金時豆に昆布巻き、紅白の蒲鉾、青菜の辛子和え、その他もろもろ、素朴だが目もあやな料理がお重の中に詰まっていく。

「まあ、きれい」

おさよが瞳を輝かせた。

「早くお花見に行きましょう。桜が散ってしまう前に」

「ああ」

おさよにうながされて、新助はしみづやを出た。

どこかふわふわする坂道を、桜色の着物をまとったおさよを追って、新助は懸命に上った。

桜の花びらまで見えてきたところで、やっと追いついた。

「ここがいいわ」

おさよが指さした。

土が平らになっているところに風呂敷を広げ、並んで腰を下ろす。

遠くの海は、今日も美しかった。

日の光を弾く御恩の海だ。そこではさまざまな海の恵みが息づいている。

「さあ、いただきましょう、新助さん。わたし、おなかすいちゃった」

帯にさわってから、おさよはお重に手を伸ばした。

「待った」

新助は思わず声をかけた。

（その蓋を取ってはいけない……）

夢の中の新助はそう思った。

「どうして？　おいしいお料理をいただきましょうよ」

邪気のない声で言うと、おさよはお重の蓋を取った。

「あっ……」

中に入っていたのは、新助が腕によりをかけてつくった料理ではなかった。似ても似つかぬものだった。

焦げ茶色のまるいかたちのものが詰まっていた。胡麻が振ってあるから食べられる物のようだが、中身は花見弁当ではなくなっていた。

（これはいったいどうしたことか。この面妖な食べ物は……）

新助はお重の中身に手を伸ばした。

手に取ると、まるいかたちのものはずいぶんと堅かった。まるで岩のかけらのようだ。

ふと気づくと、おさよの姿が見当たらなかった。

「さよなら、新助さん……」

遠くで声が聞こえた。

川に流した藍のようなものが薄れ、夢が淡くなっていった。

その醒めぎわに、声が聞こえた。

おさよの声ではなかった。野太い男の声だった。

四

「おれの小屋で何をしてる！」

その声で新助は目を覚ました。

雨は上がっていた。朝の日が小屋に差しこんでいる。

「相済みません……雨宿りを」

新助は居住まいを正して言った。

「雨宿りだと？　どこへ行くつもりだったんだ」

そうたずねたのは四十がらみの農夫だった。明らかにこの小屋の持ち主だ。

「料理の修業に出るつもりでした」

新助はそんな言い訳をした。

とっさに考えた言い訳ではなかった。ふところには三本の包丁を入れてきた。その道具だけを頼りに、ほうぼうを渡り歩いて腕を磨くつもりだったことにすれば、一応のところつじつまは合う。

「料理の修業に？」

男は意外そうな顔つきになった。

「はい。どこへ行くという当てはないのですが、なくなった見世を建て直したいと思いまして」

新助はあらかじめ考えておいた筋に沿って話した。

「料理屋でもやってたのかい」

「はい。火事で焼けてしまいましたが、家は長年、飯屋をやっていました。その見世を、腕を磨いて建て直したいと思い立ったんです」

「おとっつぁんとおっかさんはどうしたんだい？」

初めとは違う顔つきで男はたずねた。

「どちらも火事で亡くなってしまいました。仕入れに出ていたわたしだけが助かってしまって……」

「そうかい……そりゃあ、愁傷なことだったな」

男の顔に同情の色が浮かんだ。

芝居の言葉はすらすらと口をついて出た。初めてやることとは思えなかった。ずっと似たような世渡りをしてきたのかもしれない。相変わらず記憶がよみがえらない新助はふとそう思った。

「あんた、名前は？」

男はたずねた。

「わたしの名前は、新助です」

新助はよどみなく答えた。

「新助さんか。おれは、丈吉」

「よろしくお願いします」

新助は頭を下げた。

「馬鹿にていねいだな。飯屋のせがれは、『わたし』なんて言わねえぜ」

丈吉がそう言ったから、心の臓のあたりがきやりと鳴った。

「火事で亡くなった母が、わけあってお取り潰しになった武家の出なので、そういう言葉遣いを教わりました」

またしても、言葉が自然に口をついて出た。

「なら、飯屋と言ってもちゃんとした見世だったのかい？」

新助の言葉が疑われることはなかった。

「そうですね……」

まことしやかな応対をしながらも、新助の胸の内は晴れなかった。

嘘も方便とはいえ、口から出まかせの話でだましていることには変わりがない。

そんなうしろめたさに加えて、言い知れぬ不安がまた募ってきた。

記憶をなくす前にも、どこかでこういった嘘を並べていたのではなかろうか。その嘘がばれて、棒で殴られて記憶をなくす羽目に……。

そう考えると、いまここにいるおのれという者が、ひどく情けない、息をする値打ちすらない者のように感じられてきた。

「ずいぶんと疲れてるようだな」

新助のさえない顔色を見て、丈吉は言った。

「朝飯はまだだろう？　うちへ来て食いな」

気のいい農夫はそう申し出てくれた。

「ありがたく存じます。干し大根を一本、勝手にいただいてしまったので、埋め合わせに何かつくらせていただきます」

これは嘘いつわりなく、本心から新助は言った。

五

寄せ棟型の屋根を、頑丈な五本の柱が支えている。

土間から入ると、菰（こも）敷きの居床、さらに奥に畳敷きの座敷があった。ごく普通の農家の構えだ。

丈吉の家族は、女房のおかね、息子の丈太と丈次、それに末娘のおたねの五人家族だった。

父が朝から見知らぬ男を連れて帰ってきたので、初めのうちはみな戸惑うようなそぶりを見せていた。だが、新助がふるまった味噌汁を呑むと、そういったしこりめいたものはにわかに消えうせた。

「ひと味違うな、この味噌汁」

丈吉がうなった。

「幸い、味噌が二品そろっていましたので、合わせ味噌にできました」

新助は謙虚に答えた。

「干物もいつもよりうめえや」

丈太が顔をほころばせる。

「味醂があるともっとうまくなるんですが、酒でもさっとひと刷毛塗ってから焼くと、仕上がりが違ってきます」

新助が教える。

「なら、次からそうするよ」

おかねが言った。

こちらも気のいい農家の女房で、丈吉とは見るからに似合いだ。ともに畑を耕し、大地からの恵みを得て、家族と苦楽をともにしながら暮らしている。その根のありようを、新助はうらやましく思った。

「ところで、これからどうするんだい？　料理の修業と言ったって、当てはまったくねえんだろう？」

丈吉がたずねた。

「はい。通行手形もないもので、ずっと裏道を行こうと思いまして……」

新助はふところに手をやった。

その刹那、いわく言いがたい嫌な感じが募った。

本当はそこに通行手形が入っていたような気がした。

だが、いまはない。だれかに奪われてしまった。

そう思うと、胸の中にぽっかりと虚ができてしまったような、据わりの悪い心地になった。

「それで、うちの小屋で雨宿りをしていたわけだな」

丈吉の言葉に、新助はゆっくりとうなずいた。

「でも、江戸でも料理の修業はできると思うけど」

おかねが首をかしげた。

「それはそうですが、諸国を渡り歩いて、新たな料理を覚えたいと思いまして。そして、銭をかせいで、江戸でまた料理屋ののれんを……」

「路銀だけでも大変じゃないか。旅に出ていたら、銭は貯まるまいよ」

「どこぞの温泉場なら、それなりに貯まるんじゃねえか？　おとっつぁん」

丈太が言う。

「そりゃ、温泉場にもよるさ、兄ちゃん」

「そんなこと言ったら、江戸の料理屋だってそうだろう」

兄弟が掛け合ったが、だんだん話は脇筋へそれていった。

「今日は先生のご講義があるんだろう？　そこで相談してみたら？」

一段落したところで、おかねが丈吉に水を向けた。

「そうだな。何かいいお知恵を授けてくださるかもしれない」

丈吉がうなずく。

「先生と言いますと？」

新助はたずねた。

「根本南里（ねもとなんり）という偉い先生だよ。長年、この居木橋村の百姓屋に住んで、ありがたいご講義をしてくださるんだ。玉川のあたりから聴きに来る者もいるくらいで、先生のお話を聴くと心が洗われるような気持ちになる」

「うちも親子で聴きに行ってるんだ。学のねえおいらたちにも、分かりやすくご講義をしてくださる」

丈太が言った。

「先生のとこには、ありがたいお話を聴きながら畑を耕して暮らしてる人がたくさんいる。新助さんも、とりあえずそこに身を寄せたらいい。うちにいるよりは、よっぽどいいだろう」

と、丈吉。

「身寄りのない人とか、わけのある人とか、たくさん集まってくるみたいです」

次男の丈次が説明する。利発そうな顔立ちをした若者だ。

「わけがあるって？」

いちばん下のおたねがたずねた。髪はまだわらべのかむろだ。

「家へ帰れねえとか、どこぞで悪さをして悔い改めようとしてるとか、人によっていろいろあらあな」

長兄の丈太が答える。

その言葉を聞いて、新助の心の臓がまたかすかに鳴った。

家へ帰れない。どこぞで悪さをして悔い改めようとしている。

それはわが身のことのように思われてならなかった。

味噌汁の具を刻むときに包丁を使った。よって、ふところにはもう目ぼしいものが入っていなかった。

その軽さと空虚さが気になって仕方がなかった。そこに入っていたのは、通行手形ばかりではないような気がした。

（手形ばかりではない。もっと大事なものが入っていた。

ことによると、狙われたのはわたしではなく、わたしのふところに入っていたものだったのかもしれない。

それがしかるべき筋に渡れば、大きな騒ぎになるような大事なものだ）

手ごたえがあった。

間違いない。きっとそうだ。

だが……。

そこで壁が立ちはだかった。

その大事なものとは何か。いつどこで、おのれがそれを手に入れたのか。その前後のいきさつはどうだったか。すべてはまだ闇の中だ。

「新助さん？」

丈吉の声で我に返った。

「は、はい……」

「で、どうします？　南里先生のお話を聴きに行きますか？」

「……行きます」

小考ののち、新助は答えた。

ありがたいと評判の講話を聴くことによって、何か一筋でも光明を見たい。それが新助の偽らざる気持ちだった。

「いますぐ支度をしなければなりませんか？」

新助はたずねた。

「いや、昼を食べてから集まることになってる」

「では、大根の漬物や料理など、わたしが知っていることを御礼(おれい)がわりにできるだけお教えします」

「それはぜひに」

おかねが笑みを浮かべた。

新助がまず教えたのは、大根の早漬けだった。

大根に熱湯を振りかけ、酒を少しかけてから塩漬けにすると、驚くほど早く漬かるし、こりこりした食べ味もいい。

この知恵をおかねは知らなかったらしく、ずいぶんと感謝された。

続いて、炒め煮だ。

大根と人参、それに油揚げを細く切る。浅い鍋で油揚げを炒め、そこから出た油で大根と人参も炒める。

大根がしんなりしたところでだし汁を加え、醤油と味醂と砂糖で味つけをする。

「これだったら、いくらでも飯を食えそうだな」

「大根と人参、それに油揚げのかみ味が違っておいしいです」

二人の息子が笑みを浮かべた。

さらに、ちょうど大根の煮物が余っていたから、大根の新衣という料理を教えた。

「残った大根の煮物は、こうすると新たな衣をまとっておいしくいただけます」

新助はそう言うと、汁気を切った大根の煮物を油で炒めはじめた。両面ともに焦げ目がつくまでこんがりと焼く。それをたっぷりの大根おろしでいただく。

「驚いたねえ」

丈吉がうなった。

「ほんに、煮物が生き返ったみたいで」

おかねも笑みを浮かべた。

「おろしたての大根おろしと響き合って、おいしくいただけると思います」

「こういう味の引き出しをたくさん持ってるんだね、新助さんは」

「引き出し……そうですね」

新助はややあいまいな顔つきになった。

たしかに、引き出しはたくさん持っているようだ。しかし、そのなかには、開けてはならない引き出しもあるように思われてならなかった。

その引き出しを開けてしまったら、記憶がよみがえる。ただし、それは思い出さないほうがいいことかもしれない。

「なら、そろそろ頃合いなので」

丈吉がうながした。

「分かりました」

新助は我に返った。

新助を含む一行は、根本南里の講義が行われる百姓屋のほうへ向かった。

第七章　人の船

一

　儒学者はもう五十の坂を越えていた。

　髷(まげ)はすっかり白くなり、足もいくらか引きずっているが、顔色は決して悪くない。長年の思索が内側からにじみ出してきたかのようで、見ただけでありがたくなる顔立ちだった。

「本日は、わたくしのつたない講義を聴きに、ようこそおいでくださいました」

　根本南里はよく通る声で言った。

　百姓屋とはいえかなりの畑を持っているらしく、家の座敷も広かった。その隅の目立たないところに、新助は腰を下ろした。

さまざまなりをした者たちが講義を聴きに集まっていた。庄三やかしらの元太などではないが、若竹色の法被を来た若い衆もいた。救け組だ。

新助のゆくえをしみづやの人たちは探しているだろう。今夜は丈吉の家にやっかいになるとしても、長くいるわけにはいかない。そんな据わりの悪い思いをしながらも、新助は講義を聴いていた。

ほかには近在の農夫とおぼしい者が多かったが、なかには僧もいた。あとで聞くと、玉川の向こうからわざわざ通っているのだそうだ。さらに、ほおかむりで面体を包んだ者も加わっていた。

「いまのわたくしは、『論語』その他のかぎられた書物だけを手元に置き、日々読み返すようにしています。さりながら、昔のわたくしは、それこそ書物に埋もれるようにして暮らしておりました。そのさまを見て、『学がある』『励んでいる』とほめる方もあったのですが、平たく言えば、それは料簡違いです」

「なぜ料簡違いなのでしょうか、先生」

儒学者の世話をしている男が、うまい呼吸でたずねた。

「書物からのみ学ぼうとする者は、書物の外へ出ることができません。山にも海にも、学ぶべきことが潜んでいます。言わば、世界は開かれた書物なのです。山で木を伐り、海で魚を漁る人たちは、山や海を書物の代わりにして学んでいるのです」

その言葉を聞いて、若竹色の法被を着た若者たちが笑みを浮かべた。

根本南里は「正しい道を歩め」とむやみに叱咤したりしない。「その道は正しい」と、まず人々がいま歩んでいる道を肯う。

だからこそ、聞くと元気が出る。自らが歩んでいる道の辺に、さらに美しい花を咲かせようという気持ちになってくる。

南里の講義に人気があるのは、そういうところに由来するようだった。

しかし、新助は違った。儒学者の言葉は、心に響きそうで響かなかった。

（おのれが何者か分からないせいだ。どの道を、どういうふうに歩んできたのか、たどることができないからだろう）

新助はそう詮じつけた。

もう一人、据わりの悪そうなしぐさをしている者がいた。いくたびも座り直し、咳払いをする。

例のほおかむりの男だった。手拭の結び方を直し、額の汗をぬぐう。

新助のところからは、その横顔だけをうかがうことができた。

だしぬけに犬のなき声が響いたとき、男は新助のほうを見た。おかげで、初めて顔がはっきりと見えた。

新助は吐胸(とむね)を突かれた。

男の鼻の右横には、大きなほくろがあった。

二

「書物であれ物であれ銭であれ、過度に何かを貯めこむことは人品(じんぴん)を貶(おとし)めます。虎の威を借る狐の話は、いくたびもしておりますが、むやみに貯めこんだものは、虎の衣のごときものです」

根本南里はさらに講義を続けた。

話を始める前は、五十の坂を越えたもはや老人だが、ふしぎなことに、講義に熱が入るにつれてどんどん若返っていくかのようだった。

「虎ではなく、狐でいいではありませんか。狐はつややかなおのれの毛皮をまとっています。その何物にも換えがたいおのれだけの毛皮を大事にいたしましょう」

儒学者の言葉を聞いて、新助の隣に座った丈吉と息子たちがうなずいた。

だが、新助は相変わらず話に入っていけなかった。

その「おのれの毛皮」が何だったか、いまだに思い出せないのだから、大事にしようがない。

「するってえと、銭を貯めちゃいけねえんですかい？」

聴衆の一人がやにわに手を挙げてたずねた。

みながおとなしく講話を拝聴しているわけではない。不審に思ったことをすぐ声に出して問う者も多かった。

根本南里はそれをうるさがることがない。むしろ歓迎し、やり取りを楽しんでいるようなところも見受けられた。これまた講義に人気のあるゆえんだ。

「そうは申しておりません。銭を貯めることは大事です。貧すれば鈍す、ということわざもあるくらいで、金に困ればよからぬことに手を染める人も出てまいります。わたくしが申し上げたいのは……」

南里は一つ座り直して続けた。

「たつきの道を立てるのに必要な銭を稼ぐことは大事ですが、それより欲を深く持って、むやみに貯めこもうとする心持ちは人の道に外れているということです。天は必ず人の行いを見ています。むさぼるがごとくに銭を貯めこもうとするのは、せんじつめれば、商家に押し込みに入るがごとき悪行と同じだと言わざるをえません」

その講話を聴いて、鼻の脇にほくろのある男の様子が変わった。

新助は見逃さなかった。うつむいてしまった男の両肩は、小刻みにふるえていた。

新助は考えた。

(問いただしてみないとまだ分からないが、おさよの兄の忠助ではないのか。もしそうだとすれば、なぜ講話を聴きに来たのか。そしていま、なぜうつむいて肩をふるわせていたのか)

「なら、もし富突(とみつき)でもうかってしまったら、どうしたらいいんですかい？」

「おいらにくれればいいんだよ」

救け組の若い衆がすかさずそう言ったから、場がどっとわいた。

「何か施しをなさったらよかろうかと存じます」

笑いが静まったところで、儒学者が話を続けた。

「自らに余裕があれば、それを無駄に使ったりしないで、慈善のほうへ回してください。そうすれば、多くの人が助かります。飢えずに済むのです」

質問をした男が大きくうなずいた。

「その様子もまた、天は見てくれています。たとえ施しで銭が減ったとしても、何かまたよいことが起きることでしょう。そういう心持ちでいることが大事なのです。悪いことが起こるのではないかとおびえていたりしたら、その疑心が暗鬼を生じます。そのせいで、本当に悪いことが起きかねません。顔を上げて、楽な心持ちで歩んでまいりましょう」

根本南里は笑顔で言った。

若かりしころは、当代一の天才詩人と呼ばれた俊才だが、詩の稿はすべて自らの手で焼き捨てた。おのれの才を恃(たの)んだ徒花(あだばな)のごときものだと恥じ、進んで火の中に投じたのだ。

爾来(じらい)、書を著して名を挙げることもなく、田畑を耕し、近在の衆に講話を行いながら思索一筋の人生を歩んできた。そんな儒学者が語る言葉には、平明ながら重みがこもっていた。

ほどなく講話は一段落し、質疑応答の場になった。

「先生は何でも答えてくださるので、よろしかったら質問してみてください」

丈次が横合いから小声で告げた。

新助はうなずき、また例の男のほうを見た。

忠助かもしれない男は、眉間(みけん)に指を当てていた。何か思案に沈んでいるようだが、もちろん子細は分からない。

場からは次々に手が挙がった。子供が夜泣きをして困る、といった場違いな問いに対しても、「元気の証しだと考えれば、我慢もできましょう」と儒学者はていねいに答えていた。

そのうち、いささか難しい問いが出た。

この世には災いが尽きない。よい行いをしている人もその犠牲になったりする。これはなぜか。

その問いに対して、根本南里はこう答えた。

「ずいぶん前から、わたくしはいくたびもその問いについて考えてまいりました。わたくしだけではありません。古来、さまざまな学者が答えを出そうとしてきたのです」

咳払いをはさんで、儒学者は続けた。

「人はそれぞれに違っておりますが、人という種であることにかけては同じです。猫の色や模様が違っていても猫という種であるのと同じなのです。そういった種としての人を天が試されているのかもしれません。ゆえに、個々に見ればよい人であっても犠牲になったりするのではないでしょうか。わたくしはそう考えるようになりました」

「天が種としての人を試している、と」

世話人が分かりやすくまとめて言う。

「そうです。そうとでも考えなければ、多数のよい人の命が失われることの説明がつきません」

「では、おれらはどうすればいいんですかい？」

若竹色の法被の若者が、手を挙げてたずねた。

「人という種は、大きな船に乗せられているのかもしれません。あまりにもその船が大きすぎるために、その目で見ることはできないのです。船ですから、ときには大きな波に翻弄され、海に投げ出されて亡くなってしまう人も出ます。それはいかんともしがたいさだめです。あとは、残った乗り手でどうにか力を合わせて、船を正しい方向へ導いていくしかありません」

「おれらも乗り手なんでしょうか」

若者がおのれの胸を指さした。

「そうです。人という種が乗った船の乗り手であるということにかけては、漁師のあなたも、位の高いお役人も、いささかも変わりはありません」

根本南里はそう喝破した。

「船だったら、偉え人よりおいらのほうが得手だしよう」

そういう話ではないのだが、若者は無邪気に喜んだ。

「では、ほかに質問をうかがいましょう」

世話人が段取りを進めた。

近くで丈次も手を挙げたから、半ばつられるように新助も挙手した。

「では、そちらの方、どうぞ」

世話人が指さしたのは、新助のほうだった。

「新助、と申します」

そう名乗ったところで迷いが生じたが、新助は勇を鼓して問うた。

「わたしは、おのれが何者なのか分かりません。いったいどのように身を処していけばよいのでしょうか」

その問いを聞いて、儒学者は深くうなずいた。

「わたくしも、いまだおのれが何者であるか分かりません。書物を読めば、いずれ分かるのではないか。そう考えていたころもありました。さりながら、万巻の書物を読んでも、いまだに分からないのです。ことによると、死の間際にようやく、

『ああ』という嘆息とともにおのれが何者だったか分かるのかもしれませんね」

そういう意味で問うたわけではないのだが、あえて問い直す気にはなれなかった。

新助は殊勝な顔をつくって儒学者の話を聴いていた。

「よろしいでしょうか」

「はい……ありがたく存じました」

新助は頭を下げて質問を打ち切った。

「では、ほかの方」

次に指されたのも、丈次ではなかった。

驚いたことに、あのほおかむりの男だった。

三

「名前は……忠太と言います」

男はそう名乗った。

忠助と「忠」が重なっている。新助は身を乗り出した。

「おいらは……いや、悪い仲間から抜けたくて、困ってるやつが知り合いにいます。

ですが……もし悪いことに力を貸さなかったら、見世に……」

忠助かもしれない男は、たびたびつっかえながら語った。

「家に、火をつけてやる。おとっつぁんやおっかさんを殺めてやる。妹をかどわかして、女郎屋に売り飛ばしてやる、とおどされてるんです。悪いことはしたくねえんだが、身内に迷惑もかけたくねえ……そんなとき、どうしたらいいでしょうか」

ますます怪しかった。その妹とは、おさよのことではないのか。

「悪いこと、とは、いったいどういうことなのでしょうか」

儒学者は逆に問い返した。

「その……どこぞの見世に押し込みを企てるので、引き込み役をやれと」

男の声がいくらか小さくなった。

「引き込み役、と申しますと？」

悪事には疎い儒学者がたずねた。

「へい……その見世に奉公に入って、示し合わせた晩に、中から心張棒や錠を外して、押し込みやすいようにしたり、千両箱のありかを探っておいたりする役目です」

男は蒼い顔で答えた。

「それは人の道に外れていますね。あなたの家族に迷惑をかけたくないと言っても、押し込まれた商家の人たちはどうなります？」

根本南里にそう言われた男は、顔を伏せて押し黙ってしまった。

「悪い仲間ってのは、どういうやつらか分かってるのかい」

救(たす)け組の一人がたずねた。

「閻魔(えんま)組……」

男はぼそりと答えた。

「閻魔組か。ここいらから玉川のあたりにまで幅を利かせてるならず者らだな」

「あいつらは掃除してやらなきゃとかしらが言ってた」

「そんなことを企(たくら)んでるのかよ」

救け組の若い衆が色めき立つ。

「まずは、押し込みを未然に防ぐことが肝要でしょう。謀議を聞いただけなら、まだ引き返すこともできます。町方の役人に包み隠さずいきさつを話して、その手が罪に染まらないようにすることがまずもって求められます」

「先生のおっしゃるとおりだ」

「ここが引き返す峠だぞ」

「もういっぺん考え直してみな」

ほうぼうから声が飛んだ。

新助の頭の中には、確信の根が宿っていた。

おさよの兄の忠助は、悪い連中と付き合いがあった。閻魔組のならず者とは、清水の井で前にいくらかやり合ったことがある。縄張りが同じだ。忠太と名乗っているこの男は、しみづやの忠助に違いない。

「なら、善は急げだ。おれら救け組は跡部様っていう町方の定廻り同心と知り合いなんだ。すぐ話をつないでくるぜ」

「親子二代の同心の跡部作造様だ。悪いようにはしねえ。包み隠さず申し上げるんだ」

若竹色の法被が言うと、男は観念したように「へい」と小さく答えてうなずいた。

その呼吸を見計らって、新助は斬りこんだ。

「あんた、しみづやの忠助さんだね？」

案の定だった。

男ははっとしたように顔を上げたかと思うと、やにわに立ち上がって逃げ出した。

「待て」

新助が追う。

そういう修練をしていたのか、危急のときにもすぐ体が動いた。

「おう、加勢するぜ」

「待ちやがれ」

救け組の二人が続く。

まったく思わぬ成り行きで、捕り物めいたものが始まった。

四

「待て」

新助は追った。

始めのうちはなかなか差が詰まらなかったが、あぜ道の走りにくくなったところで風向きが変わった。

いかに下がでこぼこしていても、新助は滑るように走ることができた。

「待つんだ」

ほどなく息遣いが聞こえた。逃げる忠助は少しずつ息が上がっていた。

うしろからも足音が聞こえた。救け組の二人がばたばたと追ってくる。

「あっ」

と、ひと声あげて、忠助が足を滑らせた。

新助は苦もなく追いついた。

「なぜ逃げる」

襟をつかんで問いただすと、忠助は観念した顔つきになった。

救け組も追いついた。

「あんた、足が速(はえ)えな」

「ただ者じゃねえぜ」

どちらも感心したように言った。

「しみづやの忠助さんで、間違いないね？」

うなだれている男に向かって、新助はたずねた。

「あんたは？」

忠助は逆に問い返した。

一瞬、新助は言葉に詰まった。いま名を出したしみづやに迷惑をかけまいと思い、
おのれは世話になった見世を飛び出してきた。その点では、忠助とは一つ穴のむじ

なのようなものだった。

「しみづやに世話になっていた者だ。みんな、案じている」

新助がそう答えると、忠助はいくたびか続けざまに瞬きをした。

「こんなとこじゃ話もできねえ。『はし』へどうだい」

「あそこだったら仲間もいるだろう。跡部様へすぐつなぎに行ける」

救け組の二人が言うと、忠助はほっと一つ太息をついた。

そして、何かを思い切ったような顔つきで告げた。

「任せまさ」

もう逃げる気遣いはなかった。新助は襟をつかんでいた手を放した。

「新助さん……だったな」

同じ年頃とおぼしい若竹色の法被が言った。

「ああ」

「おれは、完市。ここにいるのは……」

と、もう一人の若者を示す。

「おいらは信太。どっちも品川の浜の漁師だ」

信太のほうが小柄だが、その分腕っ節が強そうで、胸板が盛り上がっていた。

二人ともよく日に焼けている。精悍な海の男の面構えだ。

「庄三さんとは……」

新助はそこで言いよどんだ。

しみづやに迷惑をかけまいと飛び出してきたのに、これでまた糸が結ばれてしまった。仲間の口から庄三に話が伝わり、それがまたしみづやに伝えられたら、たちどころに居場所が分かってしまう。

「庄三の兄ィは、しみづやのなじみだからな」

完市がうなずく。

「『はし』よりはちょいと遠いし、忠助さんもいきなり敷居はまたぎづれえかも」

と、信太。

「身をきれいにしてからじゃねえと、とても顔を合わせられねえんで」

忠助はそう言って、着物についた泥を手で払い落とした。

「なら、とりあえず『はし』へ」

「新助さんも来るだろ？」

そう問われて、新助は逡巡した。

そのとき、だしぬけにおさよの顔が浮かんだ。咲きはじめた桜を見ながら、清水の井へ水を汲みにいったときの娘の顔が、いやにくっきりと脳裏に顕った。

「ああ……乗りかかった船だからな」

新助は笑みを浮かべた。

「なら、南里先生のとこへはおいらが言ってくる」

信太がそう言って駆け出した。

「おう、あとでな」

完市が手を挙げた。

観念した忠助と、まだ記憶が戻らない新助。

しみづやに縁のある二人は、完市の道案内で「はし」に向かった。

第八章　世直しの影

一

険しい坂を上り、林を抜けると、にわかに視野が開けて品川宿が見える。

そこからは下り坂だ。両側に畑が広がる坂からは、かなたにかすむ海が見える。空気が澄んでいるときは、沖の白帆まで望むことができた。

清水の井に通じる坂からもわずかに海が見えるが、こちらのほうが光を弾く盆が大きい。そのさまを、どこか夢のように新助はながめていた。

しみづやを出るときは、もう足を踏み入れるまいと思った品川宿に、たった一日離れただけでまた舞い戻ることになった。

丈吉にはていねいに礼を言った。気のいい農夫も、その息子たちも、情のこもった言葉をかけてくれた。

遠くに海を見て感慨を催したのは、新助だけではなかった。忠助もまた、いったん足を止めて吐息をついた。

「どうした？　忠助さん。おじけづいてもらっちゃ困るぜ」

救け組の完市が、いくぶん戯れ言めかしてたずねた。

根本南里の講話会で質問したときに名乗った忠太ではなく、本名が忠助であることはすでに明かしていた。

「いや、もう観念してるさ」

忠助はそう言って、かすかに苦笑いを浮かべた。

「でもよう……閻魔組のやつらは黙っちゃいねえだろうと思うと、心の臓がきやきやしやがって」

おさよの兄はわが胸を押さえた。

「案じるこたぁねえさ。『はし』のあるじの川路波之進様は、元は町方の定廻り同心様だ。常連の跡部様も親子二代で通ってる。ま、町方の出先みてえなもんだから」

信太が言った。

「救け組の出先みてえな見世でもあるからな」

完市が誇らしげに若竹色の法被を示す。

「波之進様の妹の志乃姐(ねえ)さんが、おれらのかしらの女房になったおかげで、ますます絆(きずな)が固くなったんだ。閻魔組なんぞ一掃してやるぜ」

信太が力こぶをつくった。

「なら、おめえ、ひとっ走りつないできてくれ」

完市がうながした。

「おう、合点で」

信太はたちまち裾(すそ)をからげて、いい調子で駆け出した。

そのうしろ姿を見ながら、新助は思った。

もう船は動きはじめた。しばらくは帆に受ける風にまかせて進むしかない。

「あれだ」

完市が行く手を指さした。

見世の前に長い竹竿(たけざお)が立ち、旗が風に揺れている。

「前はほかに家がなかったのに、ちょっとずつ増えてきたんだ」

「一軒屋だったんですか？」

新助は問うた。

「そうさ。坂の中途にぽつんと建ってたんだが、ここんとこ、だんだん開けてきた」

ほどなく、旗に記された字が読み取れるようになった。

それは、こう記されていた。

めし処　はし

二

ちょうどいい按配(あんばい)に、奥の座敷で救け組の面々が呑(の)んでいた。かしらの元太も、片腕の寅吉もいる。

新助と忠助もその座に加わり、それぞれにいきさつを訊(き)かれた。あるじの波之進も料理を運びがてら輪に加わった。いつしか皆で知恵を出し合って、難しい境遇にいる二人に風を送るという場になった。

「とりあえず、急くのは忠助のほうだな。跡部の旦那につないできてくれ、辰」

元太が辰三に言った。

「へい、承知」

足自慢の辰三は威勢よく答えると、さっと裾をからげて鍛えの入った脚を見せた。

それなりに歳は取ったが、いまでも坂を駆け上がったりする鍛錬を怠っていない。

若い衆と駆け競べをしても引けを取ることはなかった。救け組が誇る韋駄天だ。

「なら、行ってきまさ」

「頼むぞ」

「気をつけて、辰三さん」

おかみのお礼がいい声を響かせた。

かつては娘駕籠で鳴らしていた。いまも二人の兄が駕籠屋を継ぎ、品川の街道筋を何挺もの娘駕籠が走っている。娘駕籠かきになれば玉の輿に乗れるといううわさも根強くあるが、そのうわさのまさに片棒をかついだのは、元同心・川路波之進の嫁になったお礼だろう。

「しみづやには言ってこなくていいんですかい？」

完市が新助のほうを見てから、ふと思いついたように言った。

「どうだい、新助。あっちは案じてると思うぞ」

元太が言った。

「はい……ですが、万一のことがあってはと」

新助は迷いを見せた。

「忠助は閻魔組が相手と決まってるが、おまえさんはえたいの知れねえやつに狙われてるんだからな」

と、元太。

「狙われるどころか、ほんとに襲われて記憶をなくしちまったんだから、しみづやにとばっちりを与えねえようにと思うのは人情でしょう、かしら」

寅吉がうなずく。

「なにぶん……何も思い出せないものですから」

新助は目を伏せて言った。

「まあ、これでも食べて、元気を出してくれ」

元武家のあるじが大皿を運んできた。

「おれらが獲ってきた鯛だ」

「刺身に加えて酢じめか。やることが渋いね、波の兄ィ」

元太が白い歯を見せた。

波之進だから波の兄ィ。いくつになっても呼び方は同じだ。

鯛の酢じめはこうつくる。

昆布で鯛の身を巻き、浅い盆の上に並べて重しをする。ここに酢と醬油と味醂をまぜた汁を注ぎ、半刻ほど浸けてから取り出す。

昆布を外して身をそぎ切りにし、器につんもりと盛って漬け汁をほどよく注ぐ。

仕上げに独活のせん切りを添えれば出来上がりだ。

「刺身もいいけど、酢じめもいいねえ」

「酒がすすむぜ」

「なんつっても、江戸の料理人の小技が効いてるからな」

救け組の面々が口々に言った。

「どうだい、新助」

元太が声をかけた。

「ええ、うまいです」

新助は素直に答えた。

活きのいい鯛を刺身にするのなら間違いがないが、こういった仕事が入る料理はむずかしい。ともすると、料理人の我が出すぎて素材を殺してしまうのだ。

その点、波之進の酢じめはちょうどいい按配だった。漬け汁も甘すぎない加減が好ましい。

「北国のほうじゃ、こんな料理はなかったですかい」

いくぶん探るような目で、知恵の丑松がたずねた。

「北国……のどこかにいたような気もするんですが」

「まだ思い出せないと」

「ああ」

新助は手で額を押さえた。

「何かのきっかけがありゃ、だしぬけに記憶がよみがえってくるだろう。くよくよするな、新助」

元太が声をかけたとき、土間のほうで泣き声が響いた。

「あらあら、大ちゃん、こけちゃったの？」

お礼が駆け寄った。

波之進とお礼のあいだには、初めに娘が生まれた。ところが、あいにくなことに半月も経たないうちに亡くなってしまった。「お初」と名付けたその子の墓は、見世の裏手にある。波之進とお礼の一日は、無事に育ててやれなかったわが子の墓の前で両手を合わせるところから始まる。

「おとうは今日、筍の煮物をつくるぞ。おまえもたんと食え」

「今日もたくさんお客さんが来るといいね、お初ちゃん」

そんな声をかけてから、厨で支度を始めるのが常だった。

初めの子を亡くした悲しみを乗り越えた「はし」の二人は、また子宝に恵まれた。今度は男の子だった。

父から一字を与えた大進は、いまのところ大きな病にかかることなく無事に育っている。三つになる元気なわらべだ。

「ますます波の兄ィに似てきたな」

「ええ男前になるぜ」

「そのうち、剣術をやりだすぞ」

「そいつぁまだ早えさ」

「早えことなんかねえさ。あっと言う間だぞ」

救け組の面々がさえずる。

母に助けられた大進はなおしばらくべそをかいていたが、新たな客がのれんを分けて入ってきたのをしおに泣き止んだ。

入ってきたのは、定廻り(じょうまわ)の跡部同心ではなかった。

大男の亀七だった。

三

かつて「はし」の留守を預かっていたこともある亀七は、元相撲取りだ。

ひざを痛めたせいで、あと一歩というところで関取にはなれなかったが、第二の人生は順調だった。進んで志願して救け組に加わり、波之進と縁ができて甘藷粥(かんしょがゆ)が品川の名物になった。

甘薯芋は見世の近くの畑で耕している。「はし」で使うほかの野菜も手がけてくれるので重宝だった。毎日、品川宿へ甘藷粥の屋台を引いていき、売り切れたら戻って畑を耕す。いつも機嫌のいい笑顔を見せる、品川の名物男だ。

「おっ、大ちゃん、ぶつかり稽古(げいこ)だ」

元相撲取りが胸を出した。

「えいっ！」

さっきまで泣いていたわらべがもう機嫌を直し、おぼつかない足取りながらも大男にぶつかっていった。

「おお、当たりが強くなったな。おいちゃん、押し出されるよ」

亀七はそう言って、わざとよろけてみせた。

「家でも毎日ぶつかり稽古か？　亀」

かしらの元太が声をかけた。

「へい。あいつもだいぶ大きくなってきましたんで」

亀七はうれしそうに答えた。

長らく女っ気のなかった亀七だが、その人の良さにほれこんで、居木橋村の百姓屋の娘が押しかけ女房になった。根本南里の講話を聴きにいったときに出会ったから、儒学者の取り持つ縁だ。

その女房、おまつとのあいだにはすぐ男の子ができた。家も坂をいくらか下ったところに建てた。松吉（まつきち）と名づけた息子には、父が果たせなかった関取の夢をと、早くも毎日稽古をつけているらしい。

そんな邪気のない亀七の様子を、座敷から新助はどこか遠い目で見ていた。

わが身にも家族はいたはずだ。妻帯していたのだろうか。子はいたか。親は達者でいたか。

一つずつ頭の中で指を折って思い出そうとしてみたが、やはり何一つ思い出すことができなかった。

その代わり、浮かんできたのはおさよの笑顔だった。あわてて振り払っても、そのおもかげは消えようとしなかった。

次の料理が来た。

海老の磯辺焼きだ。海老の殻をむいて背わたを取り、竹串に通して塩水でよく洗う。水気を切った海老にそろえて海苔を巻き、卵白を糊がわりに使って留める。これを金網にのせて転がしながら焼いていく。刷毛で醤油を塗り、香ばしく焼けば出来上がりだ。

「こりゃ、うめえ」

「海老も海苔もぱりっとしてるぜ」

「香ばしいねえ」

救け組の面々から嘆声があがる。

「あんたらも食いな」

小さくなっている忠助と新助に向かって、寅吉が声をかけた。

新助はうなずいて一本手に取った。焼き加減がむずかしい料理だが、ちょうどいい按配だった。さすがは、品川宿ではしみづやか「はし」かと並び称せられている見世だ。

「こちらもどうぞ」

お礼がまた笑顔で大皿を運んできた。桜色の紬にかけ渡した茜色のたすきがよく映えている。

「おっ、筍だな」

「山のものもうめえんだ、ここは」

「海のものも入ってるじゃねえか」

救け組の一人が指さしたのは、削り節だった。

ただし、乾炒りしてよくもんでからまぶした糸鰹だ。筍の煮物にはこれが実によく合う。仕上げに木の芽を天盛りにすれば、春の息吹を感じさせるひと品になる。

「どうだい、忠助」

元太が声をかけた。

「おいら、お裁きを受けたら、もうこんなうめえものは食えねえかも……」

忠助はあいまいな顔つきで答えた。

「町方にだって情ってものはあらあな。おまえさんは閻魔組のやつらにおどされてたんだろう？」

「へい……しみづやに火をつけて、妹をかどわかして女郎屋にたたき売ってやると」

それを聞いて、新助の顔にさざ波めいたものが走った。

「なら、そいつを包み隠さずしゃべって、押し込みの絵図面も告げて、お裁きを受けるしかない。閻魔組に引きずりこまれたと言っても、べつに人を殺めたりはしてないんだろう？」

「滅相もないことです。押し込みの引き込みをやらされる手筈になってただけで、おいら、この手はまだ汚してません」

両手を軽くかざすと、忠助はさらに続けた。

「賭場に足を踏み入れたのが間違いだったんでさ。おいら、何にも知らねえもんだから、うまい話に乗っちまって」

「始めはずいぶんと目が出ただろう？」

知恵の丑松が問う。

「へい。いま思えば、みんな仕組まれてたんでさ」

忠助は舌打ちをした。

「で、知らず知らずのうちに深みにはまって、ふと気がつけば馬鹿にならねえ借金を背負っていたわけだ」

「よくある話だな」

「借金が払えねえのなら、ちょいとひと肌脱いでくれ、と」

「悪党の考えることは似たようなもんだからな」

筍(たけのこ)の粉鰹煮をつつきながら、救(たす)け組の面々が言う。

「そのとおりで」

苦い顔つきで、忠助は答えた。

「おいらの頭でも、押し込みの引き込みだって分かったので、それだけはと断ったら、しみづやが無事で済むか、妹はかわいくないのかとおどされて、身動きが取れなくなっちまったんでさ」

「それで、南里先生の講話会のうわさを聞いて、知恵を求めにいったわけか」

元太の問いに、忠助はうなずいた。

「なら、いまごろ忠助さんのゆくえを追ってるかもしれませんね、かしら」

丑松が腕組みをした。

「そうだな。ねぐらは分かってるんだろう？」

「へい。雑司ヶ谷村の無住の寺で落ち合ってます」

忠助はそう明かした。

「だったら、そこへ網をかけるのがいちばんですね」

「うまく網を張りゃあ大漁になるぞ」

寅吉が腕を撫した。

「わたしも捕り手に加わります」

新助が手を挙げた。

「あんたもかい？」

元太が意外そうな顔つきになった。

「はい。捕り手に加わって体を動かしているうちに、なくした記憶がよみがえってくるような気がしたんです。たったいま、ひらめいたんですが」

「そうかい。だったら、跡部様が見えたら相談するといい」

「と言うより、救け組の一人ってことにすればどうでしょう」

丑松が知恵を出した。

「そうだな。なら、善は急げだ。新助の体に合いそうな法被を寄合所から持ってきてくれ」

「これも何かの縁なので、おいらが行ってきまさ」

完市が笑みを浮かべて立ち上がった。

「おう、頼むぜ」

救け組の若い衆が出ていくと、場はひとまず落ち着いた。

新助は忠助に酒を注いでたずねた。

「もしおとがめなしということになったら、しみづやに戻るかい？」

「そういうことになったら……おとっつぁんの跡を継ぎまさ」

いくらか思案してから、忠助は答えた。

「おいら、華のねえ飯屋とは違ったことをしてみたかったんで、見世を出てふらふらしてたんでさ。それで、道を間違って盗賊の手先になっちまったんだから、まったく情けねえ話で」

「飯屋にも華があるぞ。日々の暮らしが、すなわち華だ。……お待ち」

あるじの波之進が渋く言って、新たな料理を置いた。

「まったくそのとおりでさ、波の兄ィ」

「漁師にだって華はあらあな」

「畑仕事にもね」

亀七が鍬をふるうしぐさをした。

「ま、この華のある料理を食って、精をつけな」

元太が身ぶりで示した。

「へい……」

忠助が箸を伸ばしたのは、車海老の変わり揚げだった。

衣にひと工夫加えるのが変わり揚げだ。胡麻に海苔に木の芽、それに、細かく手でちぎった干し湯葉。こんなものまで衣になるのかとびっくりするようなものが用いられていた。

目で見て色合いを楽しむばかりではない。味もそれぞれに違ってうまい。まさに華のある料理だ。

勘どころは油の熱さだ。あまり熱すぎると焦げて台なしになってしまう。低めにして、色合いと歯ごたえがしっかりと残るようにするのが料理人の腕だった。

「うん、うめえ」

元太が白い歯を見せた。

若いころより顔にしわは増えたが、品川の海のように澄んだ瞳と歯の輝きはいささかも変わらない。

「塩で食うのがまたいいね、波の兄ィ」

寅吉も笑顔を見せた。

「天つゆでもいいんだが、ぱりっとしたままがいちばんだから」

波之進の言葉に、新助は大きくうなずいた。

本当に料理人だったのか、それとも方便のようなものだったのかいまだ分明ではないが、包丁の心得のある者として十分に納得できる供し方だった。

それからしばらく、世の中の出来事の話になった。新助と忠助は、箸を動かしたり、猪口に手を伸ばしたりしながら聞いていた。

「ここんとこ、お上のやることには首をかしげますね」

丑松が言った。

「国替えの件などですかい？」

若い衆がたずねる。

「そうそう。裏で水野様が手を引いてるらしいがな。上のほうの欲得勘定で下々が泣いたりしたら、そいつぁ道理が通らねえだろうよ」

丑松が名を出した水野様とは、老中の水野忠邦のことだった。

時は天保十二年、将軍職を退いたのちも長く大御所として隠然たる権力を振るっていた家斉が逝去し、老中首座である水野がさまざまな改革を進めていた。ただし、改革と言っても善政ばかりとは言いがたかった。なかには下々も首をかしげるような御沙汰もあった。

「ご老中はずいぶんと強引なやり方で出世された方だからな」

酒を運んできた波之進が言った。

「たとえば、どんなやり方ですかい？」

寅吉がたずねる。

「もともと、水野様は唐津藩主だった。遠方の小藩だとなかなか出世は望めない。そこで、思い切った願いを申し出たんだ」

「ほう」

「どんな願いだったんです？」

若い衆も身を乗り出してきた。

「幕閣の登竜門とも言える浜松藩への国替えを願い出たんだ。かつては東照宮様の居城でもあった名門だな」

「そりゃまた大胆なことを」

「おいらを救け組のかしらにしてくれって願い出るみたいなもんじゃねえか」

信太がそう口走ったから、「はし」に和気が満ちた。

「で、その願いが通ったんですかい？」

「門前払いにされても、文句は言えねえと思うけどな」

元太が首をかしげた。

「そこで、水野様は知恵を絞ったんだ」

波之進は笑みを浮かべてから続けた。

「唐津藩と浜松藩だけの国替えにすると、おのれへの風当たりが強くなってしまう。そこで、もう一藩、板倉藩を入れて、三つの領地の所替えに仕立てたわけだ」

「なあるほど」

寅吉がひざを打った。

「板倉藩を隠れ蓑にして、おのれの野望を果たしたわけですね、波の兄ィ」

「そのとおりだ」

波之進はうなずいた。

「その後も、水野様はかなり強引なやり方で出世の梯子を登って、とうとう老中首座にまでなったというわけだ。そして、夢をもう一度とばかりに……」

波之進はちらりと新助のほうを見た。

「似たようなことをやろうとしたわけですね」

呑みこんだ顔で、丑松が言った。

「おっ、新助、どうした？」

元太も気づいて声をかけた。

続けざまに猪口の酒を干していた新助の様子がおかしかった。両の肩が小刻みにふるえている。

「いや……」

「唇が真っ青だぞ」

「酒はもうやめておきな。……お礼、水をくれ」

波之進が声をかけた。

「あいよ」

ほどなくお礼が運んできた水を、新助は一気に呑み干した。

そして、大きく息をついた。

四

完市が法被を手にして帰ってきた。

急に様子がおかしくなった新助だが、やっと旧に復した。

聞けば、にわかに頭が痛んで、目がかすみはじめたらしい。酒のせいか、あるいは棒で殴られた傷のせいか分からないが、ひとまず大丈夫そうだった。

「おお、男前がいっそう引き立つな」

「役者みてえだ」

「町を歩いてたら、ほうぼうから付け文されるぜ」

若竹色の法被に袖（そで）を通した新助の姿を見て、救（たす）け組の面々はしきりにさえずった。

「あの……」

忠助が控えめに手を挙げた。

「おまえさんも欲しいかい」

元太が問うた。

どうやら図星だったらしい。忠助はこくりとうなずいた。

「だったら、まずは町方の旦那に包み隠さずしゃべって、身をきれいにしておくんだな。それなら、喜んで救け組に入れてやるぜ」

「へい……ありがたく存じます」

忠助は頭を下げ、いくたびも目をしばたたかせた。

次の肴が来た。

まずは鯛の皮の三杯酢だ。

鯛は身ばかりでなく、皮もうまい肴になる。霜降りにしてから冷たい井戸水に取り、水気を切って短冊に切る。これを独活と合わせ、三杯酢で和えれば、かみ味の違いも楽しめる恰好の酒の肴になる。

続いて、春の恵みの一つ、たらの芽を使った料理だ。

まずは天麩羅がうまい。これは抹茶塩でいただく。ほろ苦さに包まれたかすかな甘みがこたえられないうまさだ。

味噌焼きもいい。酒でのばしておいた味噌を塗り、焦がさないように香ばしく焼きあげる。

「たまらんな、こりゃ」

「海の幸、山の幸、『はし』に来ればどちらも食えるからな」

「そのたらの芽は、女房の実家が摘んだのをおいらがもらってきたんで」

亀七がわが胸を指さした。

孫の顔を見たいから、ちょくちょく連れてこい、と居木橋村のおまつの両親から言われている。その手間賃の代わりに、いろいろな食材をもらってくる。食べきれないものは「はし」に渡すのがこのところの習いになっていた。

「なんだ、そうだったのかよ」

「で、昨日行ったときに、ちょいと気になることを小耳にはさんだんで」

亀七は大きな耳に手をやった。

「気になることって言うと？」

元太が問う。

「へい。新助さんを襲ったやつと関わりがあるのかどうか分かりませんが、ちょうどそのころの話だと思うんです」

元相撲取りは新助のほうを見た。

「もったいぶってねえで、すぱっとしゃべれ、亀」

かしらにそううながされた亀七は、やおら勘どころに入った。

「女房の実家の裏手に大根を干してあったんでさ。朝起きたら、見慣れねえ男がそれをぼりぼり食ってたんで、義理の父親が文句を言ったところ、そいつはこう答えたそうなんです。『世直しのためだ、見逃してくれ』」

「世直しのためだって？」

寅吉の声が高くなった。

丑松がにわかに腕組みをする。

「そうなんで。大根を盗み食いするようなやつが世直しって、解せねえ話でしょう？」

亀七は首をかしげた。

「世直し……」

新助は低くつぶやいた。

また頭のどこかがうずいた。急に吹きこんできた風に、霧がふっとゆらいだような風情だが、まだ景色がきれいに晴れることはなかった。

「その男の人相風体は？」

空いた皿を下げにきた波之進が問うた。

「くわしくは聞きませんでしたが、なんだか医者みたいな感じだったと」

平仄は合った。

新助を襲った謎の男が山を越え、居木橋村に向かったと考えれば、一筋の線がつながってくる。

(世直し、か……)

今度は頭の中で、新助は同じ言葉を繰り返した。

第九章　世界鍋

一

　それからほどなくして、のれんがふっと開き、一人の客が入ってきた。

「なんだ、ご隠居ですかい」

　救け組のかしらがまず声をかけた。

「息子じゃなくて悪かったね。辰三にばったり会って話を聞いたもんで、先に来てみたんだ」

　笑みを浮かべて元太に答えたのは、同じ跡部でも作右衛門のほうだった。元は町方だが、いまはただの隠居だ。

　新助が座敷から頭を下げた。

「おお、新助さん。みんな、案じてるよ。しみづやさんには道で出会った職人衆に伝言を頼んでおいたがね」

それを聞いて、またおさよの面影がくっきりと立った。

跡部作右衛門はそう告げた。

「迷惑をかけるわけにはいかない、と、その一心で……」

新助は苦い表情で答えた。

「まあ、南里先生の講話を聴いてここへ来たのも何かの縁だね。で、新助さんはひとまずいいとして……」

跡部作右衛門は、小さくなっているもう一人の若者のほうを見た。

「無沙汰を、しておりました」

忠助が両手をひざにやって一礼した。

「しみづやさんは、みなたいそう案じてるよ」

隠居はそう言って、救け組の面々が空けた席に腰を下ろした。

「へい……お裁きをいただいて、もし遠島などにならなかったら、心を入れ替えて見世の手伝いをしようかと」

「ほう、親父さんの跡を継ぐ気になったのかい」

忠助は殊勝に頭を下げた。

鯛のあら煮と兜煮が運ばれてきた。救け組の漁師が「はし」に届けた鯛は、こうして余すところなく使われた。

「成仏したな」

「ええもんだ」

「兜はかしらが食うんですかい？」

隠居とともにやってきた庄三が問うた。

「食いたきゃ、食っていいぞ」

「そう来なきゃ」

「おめえだけ食うのはどうでえ」

「なら、一緒にいただきましょう」

寅吉が身を乗り出す。

「おう」

そんな調子で、場の華やぎは続いた。

機を見て隠居が近づき、新助に酒を注いだ。

「どうだい、新助さん。まだ何も思い出さないかい」

温顔で問う。

「思い出しそうで、まだ思い出せません。闇はだいぶ薄くなってきているようなのですが……」

「そうかい。だったら、あとひと息じゃないか」

と、隠居。

「朝いちばんの光が海を照らすときは、世の中が新たに生まれるようなすがすがしい心持ちになるもんだ。暗い夜も、もうじき明けるさ」

元太が声をかけた。

「はい。しかし、その世の中の姿がどのようなものかと……案じる心持ちのほうが強いです」

新助は包み隠さず答えた。

土間のほうでは、亀七が大進と遊びはじめた。お礼が笑顔で見守っている。その邪気のない様子と、新助の晴れない表情とでは、くっきりと明暗が分かれていた。

「ことによると、世の中のためにならないことをしていたのかもしれない、と恐れる心持ちがあるんだね」

新助の心を忖度して、隠居が言った。

「そのとおりです。それを知りたくないがために、もう一人のおのれが心に重い蓋をしてしまったのでしょう」

「なるほど」

「わたしは犬呼ばわりをされ、だれかに襲われました。その襲った男は、べつのところで『世直しのため』とうそぶいたそうです。きっとわたしはろくでもないことに手を染めていたのでしょう」

「いったいどんなことだろうねえ」

元同心は腕組みをした。

そこでいったん会話が途切れた。

それを見計らって、波之進が鍋を運んできた。

「お待たせいたしました。世界鍋でございます」

いくらか芝居がかった口調で告げると、「はし」のあるじは鍋の蓋を開けた。

昆布だけを敷いた鍋の中に、四角く切った豆腐、半月の大根、三角で包丁目が細かく入った蒟蒻、それに、丸いものがいくつも入っていた。

「こりゃあ、蕎麦がきかい？　波の兄ィ」

元太がたずねる。

「そのとおり。『○△□』というのは、仙厓和尚という先年亡くなった名のある禅僧がよく描いたもので、世の中のありとあらゆるもの、すなわち森羅万象をそれで表現している。それに見立てたものに大根の半月も加えて、世界鍋にしてみたんだ」

波之進はそう講釈した。

世界、という言葉は、平賀源内も句に用いている。

湯上りや世界の夏の先走り

いかにも源内らしい才気煥発の発句だ。

武家から料理人になったあとも折にふれて書物を求めて学んでいる波之進は、そういった言葉を身につけていた。

「なるほど、これを食えば、世の中が身のうちに入るわけだ」

「世の中じゃなくて、世界って言うんだよ。南里先生もご講話で使ってたぜ」

「なら、全部の形を食わなきゃな」

若竹色の法被を着た若い衆がさえずる。

「お好みでこれをつけて召し上がってくださいまし」

お礼が取り皿と木鉢、それに匙（さじ）を運んできた。

「おっ、葱味噌（ねぎみそ）だな」

「これがまたうめえんだ」

次々に手が伸びる。

味噌を酒でのばし、刻んだ長葱をまぜる。あつあつの大根、豆腐、蒟蒻、それに香り豊かな丸い蕎麦がきをこの葱味噌につけ、口中に投じれば、思わず涙が出そうなほど美味だった。

葱の青いところは細い小口切りにして、彩りに鍋（なべ）に浮かべてやる。このあたりの小技にもうならされるものがあった。

「はい、こちらにも世界鍋を」

わらべの相手をしていた亀七が加勢に来た。

元相撲取りが運ぶと、大きな土鍋も小さく見える。

「鍋の具がなくなったら、味噌を溶いて汁にできますので」

波之進が告げた。

「昆布のだしが出てるから、さぞやうめえだろうな」

「世の中の最後の一滴まできれいに呑み干せるんだ」

「ありがてえ、ありがてえ」

信太が両手を合わせた。

そのとき、のれんが開き、二人の男が入ってきた。

「おう」

座敷から隠居が手を挙げた。

「これは、先を越されましたな、父上」

町方の定廻り同心、跡部作造が笑みを浮かべた。

二

親子鷹、ならぬ親子同心だ。

父の作右衛門は町方の定廻り同心をつとめあげ、その経験を買われて臨時廻りも長くつとめた。作右衛門が隠居したいまは、息子の作造が跡を継いで定廻り同心になった。父は頭に白いものを戴いているが、息子の髷は黒光りがしているかのようだった。

親子で御用をつとめているのは同心ばかりではなかった。土地（ところ）の御用聞きとして鳴らし、ときには八州廻りの道案内もつとめていた門前の小吉（こきち）は、あいにく中風（ちゅうぶ）で足が不自由になってしまい、息子の大吉（だいきち）に十手を譲った。

一方、その手下の花屋の大助（だいすけ）は腰を悪くし、女房とともに花屋に専念することになった。こちらは息子の小助（こすけ）が跡を継いだ。

何のことはない、大小を取り替えただけじゃないか。

宿場筋では、そんな笑い話になった。足が悪くなったとはいえ、門前の小吉はまだ口は達者で、息子に何かにつけて説教していると聞く。その大吉・小助の二人も同心に付き従っていた。

「さっそくだが、こいつを広げさせてもらおう」

世界鍋に少し箸をつけただけで、跡部作造はふところからあるものを取り出した。酒を勧められたが、つとめの最中だと断り、熱い番茶を頼んだ。そんな息子の様子を、いくらか離れたところから隠居の父が見守っている。

「さて、つとめに入るか」

そう言って跡部同心が取り出したのは、一枚の絵図面だった。

「雑司ヶ谷村はひとわたりこれで分かる。閻魔（えんま）組のねぐらになってる寺はどこだい？　忠助」

　忠助は絵図をのぞきこんだ。

「えーと……ここが御鷹組のお屋敷ですね？」

「そうだ。組屋敷がある」

　波之進も近づき、腕組みをして絵図を見た。

「ああ、こっちか。池の向こうのこの寺でさ」

　忠助は指さした。

　そこに寺の名が記されていたが、いまは無住になっているらしい。

「池袋村との境だな」

　跡部同心は腕組みをした。

「墨引の内側だね」

　父の作右衛門が笑みを浮かべる。町方の縄張りだから、心置きなく手を出せるなという笑みだ。

「これなら、町方だけでも捕り物ができますが」

　跡部同心はそう言って、元太のほうを見た。

「品川から遠く離れたところですが、これも何かの縁でさ。救け組も加勢しますよ。

閻魔組のやつらはここいらも荒らし回ってやがったから」

かしらが言うと、若竹色の法被を着た者たちから次々に声があがった。

「そう来なきゃ」

「義を見てせざるは勇なきなり、と南里先生から教わりましたよ」

「町方と救け組が網を張りゃ、閻魔組も退治できるぜ」

救け組の声を聞いて、跡部同心はうなずいた。

「頼むぞ」

「おう」

「合点で」

気の入った声が響いた。

世界鍋は好評で、ほどなくお代わりが座敷に運ばれた。丸に三角に半月に四角、思い思いの形を口に運びながら、一同は話を続けた。

「雑司ケ谷と池袋のあいだにねぐらを構えて、実際に荒らすのは南の品川から大門にかけてなんだから、存外に知恵の回るやつらかもしれないね」

隠居はそう言って、言外に「高をくらず、気をつけろ」と息子に伝えた。

「ねぐらの寺も、おのれらで普請をやり直して城みたいな構えにしてまさ」

忠助が言った。

「ほう、城みてえに」

「なら、侮れねえな」

「ふんどしをぐっと締め直してかからねえと」

若い衆が腕を撫す。

城、という言葉を聞いて、新助の心の臓がまたうずいた。

かつて、城か、さもなくば、城に似たところにおのれがいたような気がしてならなかった。

しかし、思い出そうとするとまた壁が立ちはだかった。ほんの少し灯りがともっても、深い闇は晴れない。

「新助さんはどうするんだい？」

寅吉からそう問われて、新助は我に返った。

「閻魔組の件ですか」

「そうよ。あんたもうちの法被に袖を通しちまったんだから、数のうちに入ってるんだが」

「わたしもやらせていただきます」

きっぱりとした口調だった。

「やってくれるかい」

跡部同心が笑みを浮かべた。

「その城みたいな寺に捕り物で討ち入ったら、忘れていた肝心なことを思い出すような気がするので」

新助はうなずいた。

「そういう勘に違いはねえだろうよ」

花屋の小助が言う。

「縄張りじゃねえから行けねえおれらの分まで気張ってくれ」

門前の大吉も和した。

「品川から大門にかけての皆の衆の気持ちも背負うと思いな、新助。みんな、あいつらには迷惑してる」

元太が引き締まった顔つきで告げた。

「閻魔組はごみのようなやつらだ。この機にきれいにしてやらないと」

「はい。精一杯やります」

新助は気のこもった声で答えた。

そのとき、表で人の気配がした。

「はし」ののれんが開き、続けざまに三人が姿を現した。

それは、しみづやの面々だった。

三

「おとう……おっかあ……」

喉(のど)の奥から絞り出すように、忠助が言った。

「忠助」

そう名を呼んだきり、幸助は言葉に詰まった。

「無事だったかい」

代わりに、おつうが声をかけた。昔と変わらぬ母の声だった。

「……ああ」

忠助は息を含む声で答えた。

幸助とおつうのうしろに、おさよが立っていた。

新助と目と目が合った。

ほんの少し笑みを浮かべて、おさよがうなずく。

新助もわずかに頭を下げた。

それだけで通じた。言葉を発しなくても、心に伝わってくるものがあった。

「座敷へどうぞ、しみづやさん」

波之進が声をかけた。

「世界鍋(なべ)をお出ししているので、召し上がってくださいまし」

お礼もすすめる。

しみづやと「はし」は品川宿の二枚看板のようなものだ。競いはしても、無駄に張り合うことはない。

「おっ、おまえら、もうちょっと詰めてやれ」

元太が声をかけると、若い衆がひざを送り、しみづやの三人の席をつくった。

「あっしらは、あっちで呑(の)んでまさ」

門前の大吉がそう言って、手下の小助に目で合図をする。

厨(くりや)が見える長床几(ながしょうぎ)に陣取っていた亀七がそれと心得て立ち上がり、十手持ちの主従に席を譲った。

「で、肝心なところだが……」

場が定まったところで、跡部同心が座り直した。

「忠助さんが引き込みに入る手筈になっていたのは、いったいどこの見世だい？」

同心は話の勘どころに入った。

「引き込みって、おまえ……」

おつうの顔色が変わった。

「押し込みの片棒をかつぐのか、忠助。そんなことをしたら、しみづやはのれんを下ろさなきゃならないぞ。いや、それだけじゃねえ。おとっつぁんもおっかさんも生きていられねえ」

幸助も問い詰める。

「ああ……だから、抜けようとして、南里先生の講話会へ行ったんだ」

「悪い人たちに追われてるんじゃないの？　お兄ちゃん」

おさよが案じ顔で問うた。

「たぶん、そうだと思う」

忠助はあいまいな表情で答えた。

「閻魔組のねぐらへ討ち入るのはいつだい？」

波之進が跡部同心にたずねた。

「火盗改には話をつけに行ってます。救け組のほうは話がまとまったから、網を張れれば明日にでも」

「だったら、今夜はうちでかくまうことにしよう。あんたもだ」

波之進は新助のほうを見た。

「お願いします」

新助はただちに答えて、おさよのほうを見た。

娘がうなずく。

また思いが通じ合った。

「で、押し込みの狙いをつけた見世はどこだ？」

跡部同心が本題に戻した。

「南新堀の下り酒問屋の池田屋です」

「それは大きな問屋だね。立派な蔵を持ってる」

父の作右衛門がただちに言った。

江戸のおもだった問屋は、長年つとめてきた元同心の頭にしっかりと入っている。

「南新堀か。大川から霊岸島新堀に入って、豊海橋を渡ったところだな。雑司ケ谷村のねぐらからはずいぶんと遠いじゃないか」

息子の現同心が首をひねる。

「遠いところのほうが疑われなくて済む、とかしらは言ってました」

「かしらはどんなやつだ？」

「閻魔の仁蔵っていう根っからの盗賊ですが、ふた言目には『頭を使え、おめえら』と言ってます」

忠助はおのれの頭に指を当てた。

「知恵のあるやつなんですね、波の兄ィ」

元太が波之進に言った。

「なまじ知恵が回ると思ってるやつにかぎって、墓穴を掘ったりするからな」

波之進はそう答えて腕組みをした。

「でも、雑司ケ谷から南新堀まで押し込みに行って戻るのは、さすがに骨だろう」

隠居は腑に落ちない顔つきになった。

「陸を行くんじゃないんでさ」

と、忠助。

「すると、船かい？」

寅吉がたずねた。

「そうなんで。品川から船に乗って、海を通って押し込みをするっていう算段をしてました」

その言葉を聞いて、救け組の面々はにわかに色めき立った。

「そんなこと、させてたまるかってんだ」

「おれら救け組の法被にかけて、止めてやるぜ」

「品川の浜を汚すやつは容赦しねえぞ」

ほうぼうから声が飛ぶ。

「いや、品川から船を出すわけじゃないんで」

忠助はあわてて言った。

「なら、船はどこから来るんだ？」

跡部同心が問う。

「相州に新たなねぐらをこしらえたそうなんで。雑司ケ谷のほうはそろそろ潮時だから、こたびの大きな押し込みが終わったら、町方の手が及ばない相州へそのまま船で逃げて、ほとぼりが冷めるまで堅気のふりをすると言ってました」

「そうはさせるかい」

「相州から来た船に、品川から乗りこむんだろう？　そこを一網打尽だ」

若い衆が力んだ。

「いや、それじゃ遅い」

跡部同心はただちに言った。

「引き込み役をつとめるはずだった忠助さんは、こうしてもう抜けてきてるんだ。閻魔の仁蔵も、いまごろはまずいと思ってるかもしれない」

「相州のねぐらの段取りが進んでいるとしたら、いち早くそちらへ移ろうとするかもしれないな」

「なるほど、そいつぁ道理だ、波の兄ィ」

今度は元太が腕組みをした。日に焼けた二の腕の太さは、昔といささかも変わっていない。

「だったら、なおのこと、急がないといけないね」

隠居が息子の顔を見た。

「そうですね、父上」

同心の顔が引き締まる。

「火盗改方の腰さえ上がってくれれば、明日にでもやりましょう」

それを聞いて、元太はすぐさま腕組みを解いた。

「おまえら、気を入れ直していけ」

救け組の面々ににらみを利かせる。

「いくさのつもりでやらねえと、やられるぞ」

「へい」

「承知」

「やってやりまさ」

「おれらの腕の見せどころだ」

小気味のいい声が次々に返ってきた。

「品川はあっしらに任せな」

「留守はちゃあんと守ってるから」

「悪いやつらを心置きなく退治して来てくれ」

長床几に陣取った、大吉と小助が声をかけた。

「新助も頼むぞ」

元太は最後に声をかけた。

「はい」

新助はいい目つきで答えた。

四

話は一段落した。

跡部同心は捕り物の段取りがある。あとは父に任せて、一人で戻っていった。

世界鍋の具がだんだん残り少なくなってきた。

「では、このあたりで鍋に二度目のつとめを」

機を見て波之進が言った。

「と言いますと？」

幸助がたずねた。

「葱味噌と鍋のだしを合わせて、味噌汁に仕立て直すんです」

「ああ、なるほど」

「ご飯もありますので、いくらでもお持ちしますよ」

お礼が笑顔で言った。

「お手伝いさせていただきます」

「わたしも」

しみづやの母と娘が立ち上がった。

「おれは飯も」

「おいらも。味噌汁をかけて食ってもうめえんだ」

ほうぼうで手が挙がった。

「新助さんは？」

おさよがたずねた。

「わたしは、汁だけで」

「はい」

もう二度と会うまいとひとたびは思った娘が、目の前にいた。

ひどくふしぎな気がした。互いの体に見えない糸が結ばれていて、いつしかまた元のところへ引き戻された。そんな気がしてならなかった。

汁ができた。

鍋のだしで葱味噌を溶く。ただそれだけの手間だが、おさよは心をこめてつくってくれた。

「どうぞ」

橡色（つるばみいろ）の渋い椀（わん）が手渡された。

「ありがとう」

指と指がわずかに触れた。

汁もあたたかかった。昆布と葱の香りが、少し遅れてふっと伝わる。

具は大根と豆腐だった。豆腐はだいぶ崩れていたが、それでも胃の腑にしみるうまさだった。

「……うまい」

新助が笑みを浮かべると、おさよの顔にもぱっと花が咲いた。

そんな二人の様子を、いくらか離れたところから忠助が見守っていた。

こちらは味噌汁がけのご飯だ。母のおつうから丼を手渡された忠助は、何かを思い切るように箸を動かし、ひとしきり食したところでほっと一つ息をついた。

「捕り物が明日になるなら、ひと晩の辛抱だね」

隠居が言った。

「今夜はここに泊めるんですかい？」

十手持ちが波之進にたずねた。

「ああ。しみづやさんに戻すわけにはいかないだろう。閻魔組が嗅ぎ回っているかもしれないからな」

「なら、念のために、しみづやさんにうちの者を張りこませましょう」

元太が申し出た。

「そうしていただければ助かります」

幸助がていねいに頭を下げた。

「どうかよしなに」

おつうも続く。

遠目の安次郎に速足の辰三、それに、腕っ節の強い若い衆が三人選ばれ、しみづやに詰めることになった。これなら、閻魔組の夜討ちがもし万一あっても返り討ちにできるだろう。

「ここはいいんですかい？　かしら」

寅吉が問う。

「『はし』は波の兄ィがいるだろうが、寅。若い衆を出したりしたら失礼だぞ」

「ああ、そりゃそうですね」

「あたしだっていますから」

お礼が力こぶをつくってみせる。

「もう一人、だれか忘れてもらっちゃ困りますよ」

亀七がぽんと腹を一つたたたいた。
見世に和気が満ちた。
そのなかで、新助は平らげた椀をそっとおさよに返した。
まなざしに光をこめて、おさよはそれを受け取った。

第十章　雑司ヶ谷の決戦

一

捕り手の網は整った。

町方と火盗改方に、救け組が加わった強力な網だ。若竹色の法被に身を包んだ救け組は、跡部同心の配下としてとくに参加を許された。

その隊列のなかに、新助と忠助も加わっていた。

忠助は道案内役だが、新助は忍び縄を手にしていた。先端に鋭い鉤のついた道具だ。

門前の大吉が貸そうかと申し出たとき、新助はすぐさま手を挙げた。十手持ちは使い方を事細かに伝授してくれたが、新助はすでに知っているような気がした。忍び縄を手にしてみると、それは新助の手にしっくりとなじんだ。

町方と火盗改方、それに救け組も加わった捕り手の網は、雑司ヶ谷村の無住の寺へ少しずつ近づいていった。

「肝は据わったかい、新助」

ともに速足で歩きながら、元太がたずねた。

「はい。ゆうべ波之進様といろいろ話をさせていただいて、ずいぶんと心が楽になりました」

新助は答えた。

「そうかい。そりゃあ良かった。波の兄ィは男の中の男だからな。で、どんな話をしたんだ？」

「わたしが記憶をなくしていること。それを思い出したいという気持ちと、思い出すことを恐れる気持ちがせめぎ合っていることなどを、包み隠さずお話ししたところ、波之進様はこうおっしゃってくださいました。『新助はおのれが背負っているものがよほど嫌だったんじゃないか。だから、身の内にいるもう一人のおのれが、それを思い出すまいとして心に封をしてしまったのではなかろうか』と」

「なるほど、さすがは波の兄ィだ。心に封、とはうまいことを言う」

「はい。その封が、そろそろはがれそうな気がするんです」

「うまくはがれるといいな」

近くを歩いていた知恵の丑松が声をかけた。

救け組も捕り手に加わると言っても、品川からすべて出払うわけにはいかない。

片腕の寅吉は浜に残し、その代わりを丑松がつとめていた。

「ええ、しかし……」

新助はあいまいな顔つきになった。

「おのれがいったい何を背負っていたのか、その荷を見たくねえっていう思いもあるわけだな」

元太は新助の気持ちを忖度(そんたく)して言った。

「波之進様は、侍であること、さらに、家名を背負っていたとおっしゃっていました。ところが、亡き父君の敵(かたき)を討ち果たしたことによって、その荷を下ろすことができた、と」

「いまは市井の料理人だからな、波の兄ィは」

元太が白い歯を見せた。

「わたしも、武家だったような気がいたします。ただ……」

「ただ？」

「尋常な武家ではなかったのではなかろうかと……」

新助はそう言って、ふところに忍ばせてきたものに触った。

品川の十手持ちから預かってきたものには、たしかな手ごたえがあった。

二

「来ましたぜ、かしら」

様子をうかがってきた若い衆が、閻魔（えんま）の仁蔵に告げた。

「ちっ」

悪相の男は大きな舌打ちをした。

「ゆうべ、逃げればよかったんでさ」

「やつら、ずいぶんいましたぜ」

「えれえことになっちまった」

手下が口々に言った。

「うるせえ。おれのやることにけちをつけるつもりかよ」

閻魔組のかしらのほおのあたりに、さざ波めいたものが走った。

「そういうわけじゃねえんですが」

「町方だけじゃなくて、火盗改や救け組もいましたぜ」

「逃げるんなら、早いとこ逃げちまわねえと」

手下はすっかり浮足立っている。

「おたおたすんな、馬鹿野郎」

閻魔の仁蔵は一喝した。

背に閻魔(えんま)大王の彫り物を負った凶相の男だ。情のかけらもなく、人も平気で殺(あや)める。その一方で、船を使った周到な押し込みの絵図面を引くなど、悪知恵も回る食えないやつだった。

「こういうときのために、寺にいろいろ仕掛けをつくって城みてえにしてやったんじゃねえか。いくさもしねえうちに城を逃げ出したりしたら、この閻魔の仁蔵の名折れだ。おれをだれだと思ってるんだ」

「へい、ですが、かしら……」

「ですが、も春日(かすが)もあるか、唐変木(とうへんぼく)め。四の五の言うんじゃねえや」

閻魔組のかしらはすこぶる機嫌が悪かった。

「そもそも、おめえらが忠助をちゃんと見張ってねえから、こんなことになるんだ。あの野郎、ただじゃすまさねえぞ」

仁蔵はそう言うと、こぶしを手のひらに思うさま打ちつけた。

「しみづやの様子もうかがいに行ったんですが、救け組の野郎どもが詰めていやがったんで」

「妹をかっさらってやろうと思ったんですが」

「忠助のやつも、捕り手のうしろのほうにいましたぜ」

手下の一人が告げると、かしらの形相が変わった。

「よし。捕り手を返り討ちにして、忠助を引っ捕まえて八つ裂きにしてやれ」

閻魔の仁蔵が命じた。

「へい」

「合点で」

手下たちの目に火が入った。

「絵図面を引いた例の押し込みはどうしやす?」

片腕格の男がたずねた。

「忠助のせいで、ありゃあご破算になっちまった。おれらの三年(みとせ)分の飯の種だったのによう」

「死んだ子の歳を数えても仕方ありませんぜ、かしら。ここはこらえて、立て直しを思案しねえと」

「分かってら」

うるさそうな身ぶりをまじえて、閻魔組のかしらは言った。

「とりあえず、目先の捕り手を返り討ちにして、そのまま突っ切って相州へ逃げるんだ。船の按配(あんばい)はつけたんだから、海賊になってやらあ」

仁蔵は見得を切った。

「池袋村からぐるっと回って逃げるっていう手もありますぜ」

「町方だけじゃなくて、火盗改もいるんですぜ、かしら」

「救(たす)け組も加勢してる。ええ数なんで肝をつぶしたくれえで」

閻魔組の士気はあまり上がっていなかった。

「敵に背を見せて逃げでもしたら、閻魔の彫り物が泣くぜ」

ろくなことはしてこなかったくせに、誇りだけはむやみに高い盗賊のかしらが声を荒らげた。

「いくら寄せ手がいたところで、どうせ寄せ集めだ。こちらにゃいろいろ仕掛けもあるし、飛び道具だってあらあ。せっかく知恵を絞ってこしらえたんだ。使わねえっていう手はねえぜ」

「へい」

「たしかに」

「それに、いまあわてて逃げたら、かえって向こうの思う壺だぞ」

仁蔵は手綱を締めにかかった。

「かしらの言うとおりだ」

片腕格の男がすぐさま和す。

「池袋村のほうへ逃げたって、捕り手には火盗改も加わってる。この寺に立てこもって敵を疲れさせてから逃げる算段をしたほうがいい」

「そのとおりだ。ちゃんと持ち場について、抜かるな」

閻魔の仁蔵は檄を飛ばした。

「へいっ」

「肚をくくってやりまさ」

「忠助の野郎、ぶっ殺してやる」

閻魔組の士気はようやく上がってきた。

三

「あれだ」

跡部作造が行く手を示した。

野面をわたる風に吹かれながら粛々と進んでいた者たちの行く手に、忽然と寺が現れた。

無住の廃寺のようだが、よくよく見ると、構えが怪しかった。周りを囲む石壁はかなり高く、どこも崩れていない。

さらに、石壁の上に何かがのぞいていた。台座のように見えた。

弓か、はたまた火縄銃か。寺の中から狙いをつけることができるようだ。

「捕り手の動きは察知されてるはずだ。思案もなしに正面から攻めこむのはまずい。そうつないでくれ」

跡部同心は速足の辰三と遠目の安次郎に告げた。町方と火盗改方、それに救け組が寄り集まっている。それぞれが勝手に動いたりしたら捕り手の網がほころんでしまう。こたびの捕り物に最も縁が深く、上役の与力から総大将役を譲られた跡部同心は、慎重に事を運んでいた。

「承知」

「さっそくつないできまさ」

　頼りになる救け組の男たちは、それぞれの向きに散っていった。


「そうかい。なら、裏へ回るか」

　元太が腕組みをした。

「ですが、かしら。寺の前は一本道で、裏手は藪（やぶ）になってます」

　辰三が告げた。

「なるほど、城みてえだな」

「正面の石壁の上には、何やら怪しげな台座がありまさ。跡部様はそのあたりを気にしてます」

「飛び道具を持っていやがったら、ちょいと厄介だぞ」

　元太が首をひねった。

　それを聞いていた新助は、迷いなく手を挙げた。

「わたしが行きます」

記憶をなくしていた男はそう申し出た。

「大丈夫か、新助」

「はい、心得があると思います」

「料理のほかにも心得があるのか」

「はい」

新助はわが胸に手を当てた。

まもなく霧が晴れる。おのれが役を演じていた影芝居に光が当たり、すべてを思い出す。そんな予感が募った。

「よし、なら、新助を先導役にしておれらはねぐらの裏へ回る。跡部様にそうつないでくれ」

「へい」

辰三は短く答えるなり、勢いよく駆け出していった。

こうして捕り網が整えられていたが、ほどなく不測の事態になった。

町方と火盗改方と救け組、三つが寄り集まった捕り手だ。それぞれが相談しあって動く手筈(てはず)で、つなぎを密に行うことになっていたのだが、しびれを切らした火盗改方が先に突っこんでしまったのだ。

　もともと気の荒いことで恐れられている火盗改方だ。町方のように縄張りがはっきり決められているわけではなく、墨引(すみびき)の外の天領などにまで出張(でば)って捕り物を行うことができるし、寺社方でも武家地でもお構いなしだ。

　とにかくふん縛ってたたいて吐かせるという手荒い料簡(りょうけん)だから、咎人(とがにん)の捕り違いも多い。役宅には白州があって、責め問いも普通に行われている。なかには盗賊より火盗改方のほうが恐ろしいと言う者までいるくらいだった。

　そんな連中だから、いたって気が短い。それに、町方と張り合う心持ちが強いものだから、功を焦ってこらえ性なく敵のねぐらへ突っこんでいってしまったのだった。

「あっ、出やがった」

　遠目の安次郎が指さした。

　寺の壁の上に、閻魔(えんま)組の撃ち手がぬっと現れた。

　火縄銃が火を噴いた。

「ぐわっ」

　たちまち寄せ手の一人が倒れる。

放たれたのは銃だけではなかった。火矢も飛んできた。矢で右往左往しているうちに、次の弾が放たれる。火盗改方の陣形は乱れた。

そこへ、思いもよらぬものが飛んできた。

大きな石……いや、岩だ。

ねぐらの寺には、梃子(てこ)を使って岩を飛ばす仕掛けがつくられていた。重みのある男が勢いよく飛び乗ると、板が弾(はじ)かれたように動いて外へ岩が飛んでいく。

「ぎゃっ」

火盗改方の一人が短い悲鳴をあげて倒れた。

ひとたび宙へ舞い上がった岩は弧を描き、勢いをつけて寄せ手の頭上へとやにわに降ってきた。

これにはひとたまりもなかった。岩が命中した寄せ手は血を流して倒れた。

閻魔組は勢いづいた。

「やれっ。どんどんやれ」

閻魔の仁蔵が命じる。

「大(てえ)したことはねえぞ」

「蹴散(けち)らしてやれ」

「忠助はどこだ。裏切り者を出しやがれ」

手下は口々にわめきながら次の攻撃に向かった。

「総崩れにしてやれ。最後に斬って出れば、道が開くぞ」

閻魔組のかしらの声がひときわ高くなった。

四

同じころ――。

新助はふところから短刀を取り出した。

藪を払いながら、寺の裏手へ通じる道を探る。

「こっちだ」

元太と救け組の面々も続いた。

「急げ」

さまざまな声が耳に届いていた。寄せ手とおぼしい悲鳴も聞こえる。ついに決戦の火蓋が切られたのはいいが、どうやら戦況は芳しくないらしい。

「うわっ」

若い衆が声をあげた。

藪の中の足元は悪い。枝の先で顔を切ったようだ。

「気をつけろ」

「へい」

そんなやり取りを背中で聞きながら、新助は慎重に歩を進めていた。

藪を分けて前へ進むと、猫が一匹、何かに驚いたように逃げ出していった。

その目を見たとき、新助はだしぬけに思い出した。

しみづやのむぎの目を見たとき、何とも言えない据わりの悪い心地になった。あのときのことが、いやにありありと思い出されてきた。

それだけではなかった。かつて、どこで猫の目を見ていたのか、記憶の薄い膜がだしぬけにふっとはがれた。

「どうした、新助」

歩みを止めたのを不審がって、元太が押し殺した声で問うた。

「い、いえ……」

新助はあいまいな返事をした。

「先へ行きますぜ、新助さん」

救け組の信太が藪(やぶ)を分けて先頭に出た。

新助も続く。

藪を一つ分けるたびに、記憶はよみがえっていった。

まるで夢から覚めるかのようだった。

実際に覚めたのは、うつつのほうだった。どうしても記憶を取り戻せなかったうつつの世界のほうが、長い夢だったかのように感じられた。

新助が猫の目を見ていたのは、暗いところだった。

猫の目は時によって細さが変わっていく。いまが何時(なんどき)なのか、猫の目をじっと見れば察しがつくのだ。

そういう知恵を、新助は身につけていた。

藪を分けるたびに、目の前が明るくなっていく。新助の記憶も、数珠(じゅず)がつながるかのように一筋につながっていった。

ふところには忍び縄が入っていた。十手持ちから託されたものの使い方を、なぜか新助は知っているような気がした。

その勘は、正しかった。

新助は実際に使っていたのだ。忍び縄の鉤先をほうり上げて忍び返しに引っかけ、壁や石垣を軽々と上る。そんな技を、新助は使うことができた。

忍びこんだ先で時を判じるときには、猫の目を見た。そういったこまごまとした記憶が、ある苦い感慨とともに新助の胸によみがえってきた。

だが……。

いまは封印しておかねばならない。目先に敵がいる。

新助は短刀を握る手に力をこめた。

五

「いかんな」

跡部同心は顔をしかめた。

寄せ手の非勢は一目瞭然(いちもくりょうぜん)だった。

突撃したはいいものの、思わぬ反撃を食らった火盗改方は、算を乱して逃げる者と向こう見ずに突進する者とが混在していた。なかには同士討ちになりそうなところまであった。まったく目も当てられない。

その点、城のような構えの寺に立てこもる閻魔(えんま)組のほうは陣形が整っていた。前から向かってくる敵を迎え撃てばいいだけだから、策を立てやすい。

「どうします、跡部様」

町方の手下が問うた。

「火盗改方にいったん引けと伝えてくれ。やみくもに攻めていっても的になるだけだからな」

「はっ」

手下と入れ替えに、速足の辰三が息せききって駆けてきた。

「どうした?」

「へい……たったいま、救け組が裏手から寺に入りました」

辰三は息を弾ませながら伝えた。

「敵は?」

同心は短く問うた。

「まだ気づいてないはず」

「よし分かった」

跡部同心は腹をぽんと一つたたくと、やおら破れ鐘(わ)のような声を発した。

「閻魔の仁蔵、聞いてるか。うぬらは腰抜けか」

寺の中にまで響きわたる大音声だった。

「そんなところに立てこもって石を投げることしか能がないのか。とんだ腰抜けの盗賊よのう」

同心の策略は、知恵のある者なら察しがついた。

ちょうどいま、救け組が裏手から侵入しようとしている。閻魔組の注意を前に引きつけてそれを助け、あわよくば挟み撃ちに持ちこもうという戦略だった。

その読みは図に当たった。

同心の声は、たしかに閻魔の仁蔵の耳に届いていた。

「しゃらくせえ」

仁蔵のほおに、さざ波めいたものが走った。

「かしら」

手下が一人戻ってきた。

「寄せ手が引いていきますぜ」

「おう、そうか。張り合いのねえやつらだったな」

「どうします？　追っかけてその勢いで突っ切りますかい」

「そうさな」

閻魔の仁蔵は腕組みをした。

「岩がそろそろなくなりますぜ、かしら」

べつの手下が知らせにきた。

「矢はどうだ」

「そっちのほうも、おっつけなくなっちまいまさ」

「弾は？」

「まだなんとか」

難しいところだった。

敵が引いたのに乗じて、銃だけ携えて打って出る。そして、敵陣を突っ切って相州まで逃げる。

死中に活を求めるような手立てだが、いまならうまくいくかもしれない。

一方、このまま寺に立てこもるという策もあった。敵の侵入に備えて、周到に落とし穴も張り巡らせてある。すぐさま陥落するような構えではなかった。

だが、そのうち先細りになるのは目に見えていた。さきほどは無謀に突っこんできてくれたから首尾よく迎え撃てたが、じっと網を張るだけで構えられたら、動くに動けず苦境に陥ってしまうかもしれない。古風な兵糧攻めをやられたら、そのうち白旗を上げるしかなくなるだろう。

「どうします？　かしら」

閻魔の仁蔵は決断を迫られた。

「よし、打って出るぜ」

かしらは肚(はら)を決めた。

「いま、やつらは引いてるとこだ。ここで楽させて、立て直させちゃいけねえ。一気に攻めてやれ」

「おう」

「合点で」

手下はすぐさま応じた。

「いいか、抜かるな」

閻魔組のかしらは、また手綱を締めた。

「うしろはねえと思え。前だけを見て、突っ切ってやれ。邪魔立てするやつは端から斬るんだ」

「やってやらあ」

「閻魔組の力を見せてやるぜ」

たちまち声が返ってきた。

「そのまま相州のねぐらまで行け。敵は寄せ集めだ。蹴散らしてやれ」

「おう！」

鬨の声があがった。

六

その声を、新助はたしかに聞いていた。

胸の内で渦巻く暗いものに封をし、短刀を手に前へ進む。

その目に、嫌なものが映った。

一見するとただの茂みだが、葉の生い茂り方が妙だった。

「危ない」

新助は先を急ぐ若い衆に声をかけた。

「そこは落とし穴だ」

新助の言うとおりだった。そのまま突っ切ろうとしたら、なだれを打って落ちてしまっただろう。

「危ねえ。新助さんの言うとおりだ」

庄三が額の汗を手でぬぐった。

「よく分かったな、新助」

元太が言う。

「仕掛けらしいものはこれだけです。いま敵は前だけを見ていますから、挟み撃ちにできるでしょう」

新助は冷静に言った。

とにかく、目の前の戦況に集中する。そうすれば、おのれの来歴に関する暗い思いにはひとまず封をすることができる。

「よし、落とし穴に気をつけて攻めこめ」

元太が命じた。

「おう」

「行くぜ」

怪しい寺の裏手で、若竹色の法被が躍るように動いた。

閻魔組はねぐらを出た。

銃や刀を構え、寄せ手に向かって突進していく。

だが、その勢いは長く続かなかった。ほどなく、うしろで声があがった。

「かしらっ」

「挟まれてますぜ」

「うしろから来やがった」

手下が悲鳴をあげた。

「おたおたすんな。押し返せ」

閻魔の仁蔵は鋭く命じた。

「へいっ」

「ちっ、救け組か」

「やってやれ」

寺の前の一本道で、たちまちいくさが始まった。

その様子を見て、一度崩れかけた火盗改方が息を吹き返した。もともと気の荒い連中だ。ひとたび勢いを得ると嵩にかかってくる。

「突っこめ」

「よくも仲間をやりやがったな」

「敵討ちだ」

いったん引いた寄せ手は、次々に抜刀して閻魔組に向かっていった。

「よし、いまだ」

跡部同心は腕組みを解いた。

「火盗改方に続け。逃すな！」

町方を指揮する男は身ぶりをまじえて命じた。

「承知」

「おう」

刺股、突棒、袖搦み、捕り物道具がとりどりに揺れる。

「畑へ逃げたぞ」

「追え」

「捕り網だ」

「逃がすな」

さまざまな声が飛んだ。

闇魔組は総崩れになっていた。

寺へ戻りたくても、もう遅かった。救け組には弓の名手もいる。せっかく築いた壁の台座を逆に使われ、次々に矢を射かけられる始末だった。

「なんとかしろっ」

闇魔の仁蔵は悲痛な叫び声をあげた。

しかし、多勢に無勢だった。

前後から攻められた闇魔組はもろくも崩れた。

寺を出て突撃を試みたのは失敗だった。ねぐらに立てこもって日が暮れるのを待ち、夜陰に乗じて逃げる算段をしていれば、まだかそけき望みがあっただろう。

だが、こらえ性なく討って出てしまった。それが最悪の結果を招いた。

我慢できずに攻めこんだのは火盗改方も同じだが、図らずもこれが功を奏することとなった。闇魔組をおびき出すことに成功したのだ。

あとは一瀉千里(いっしゃせんり)だった。

闇魔組の者たちは、かしらの命令も聞かず、我先にと逃げようとした。

しかし、寺の前はいちめんの田んぼと畑だ。さえぎるものがない。身を隠すところはどこにもなかった。

たちまち寄せ手が追いつき、次々にお縄にしていった。

頼みの綱の銃も、撃ち手が矢で倒されたり斬りこまれたりして役に立たなくなった。万事休した。閻魔の仁蔵に年貢の納め時が来た。

「神妙にしろ」

「御用だ」

捕り手が迫る。

閻魔組のかしらは刀を捨て、その場にどっかりとあぐらをかいた。

ついに観念したのだ。

「御用だ」

町方の一人が近づき、たちまち後ろ手に縛りあげる。

かしらが捕らえられたのを見て、手下も神妙になった。

悪名を轟(とどろ)かせた閻魔組は、天保十二年の春、雑司ヶ谷で一掃された。

第十一章　魚すき鍋、韮雑炊、粉鰹煮

一

「救け組のおかげで一件落着だ。ありがとうよ」

跡部作造同心が晴れやかな顔で言った。

「大きな怪我人もなくて、良うございましたね」

元太も白い歯を見せた。

始めに攻めこんだ火盗改方には返り討ちに遭った者も出たが、町方はせいぜいかすり傷程度だった。

「まだ日は高いが、救け組はこれから品川へ戻るのかい？」

「そうですね。『はし』でうまい酒が呑めるでしょう」

「なら、代わりに呑んでおいてくれ。おれは閻魔組を奉行所の仮牢にたたきこんで、書き物もしなきゃならないから」

「お役目、ご苦労様でございます」

救け組のかしらは頭を下げた。

跡部同心は、それから新助と忠助の元へ向かった。

「働きだったそうだな、新助」

「ええ、まあ……」

新助は煮え切らない返事をした。

記憶がよみがえったことは、まだだれにも告げていなかった。首尾よく閻魔組を捕らえたことで寄せ手はわき立っている。そのようなことを切り出す雰囲気ではなかった。

「これでしみづやへ帰れるな、忠助」

同心が声をかけると、忠助は感無量の顔つきになった。

「もっとも、お裁きを下すのはおれじゃない。追って呼び出しの沙汰があるだろう。お白州に出たら、こたびのいきさつを包み隠さず述べろ」

「はい」

悔い改めた男は、すぐさま頭を下げた。

「お上にも情はあるから、重いお裁きは下るまい。そもそも、おまえさんが逃げてきたから閻魔組を一網打尽にできたんだからな。おとっつぁんとおっかさんにもそう伝えておいてくれ」

「ありがたく存じます」

忠助は深々とお辞儀をした。

二

町方と別れた救け組の面々は、意気揚々と品川に戻っていった。

「はし」としみづやには若い衆が走り、いち早く朗報を告げた。まずは「はし」で打ち上げを行い、新助と忠助は駕籠でしみづやまで運ぶ。段取りがすらすらと決まった。

「どうしました、新助さん。疲れたんですか？」

庄三が声をかけてきた。

「ああ……体も気も使ったものだから」

新助はここでもまだ本当のことを言わなかった。

いや、言えなかった。

おのれが何だったか、打ち明けるには筋道立てて話していかなければならない。

それはなかなかに至難なことだった。

「無理もねえや。寺の裏手に大きな落とし穴が掘られてることを見破ったんだから」

「そうそう、新助さんのおかげだよ。危ねえとこだった」

「おれらの恩人だ」

救け組の面々はそう言って持ち上げてくれたが、新助の顔にはかすかな笑みが浮かんだだけだった。

おのれが何者だったのか、本当の名は何か、どこに住んでいたか、そして、身分は何だったか。もうすべて分かる。思い出してしまった。

そう、思い出してしまった。

新助はだれにも悟られずに小さなため息をついた。

思い出さなければよかった。おのれがだれか分からないまま、謎の迷い人として生きることができたなら、こんな重苦しい気分にはなっていなかったに違いない。

救け組と一緒に歩く新助の脳裏に、あのときの声がよみがえってきた。

新助は襲われるべくして襲われた。そして、ふところに入れていた大事なものを盗まれたのだ。

記憶を取り戻したとはいえ、襲われたときの前後はまだあいまいにかすんでいた。ことに、頭に一撃を受けたあとはまったく思い出すことができなかった。ふと気づくと、道庵の診療所だった。

襲われたのは夜だ。襲ってきた男の顔ははっきり憶えていない。だが、その声はいまなお新助の頭の深いところで響いていた。

襲ってきた男は、こう言った。

「狗め！」

それは、犬ではなかった。

狗、でなければならなかった。

新助は、幕府の狗だった。

三

「はし」では鍋が待っていた。

浜に残った救け組の漁師が届けた海の幸がふんだんに入った魚すき鍋だ。

「お疲れだったな」

波之進が笑顔で言った。

「首尾よく挟み撃ちにできたんで。それもこれも、新助の手柄だ」

元太は新助に花を持たせた。

「滅相もない」

いくぶん顔を伏せ、新助は首を横に振った。

「まあ、とにかく、あったかいものを召し上がってくださいまし」

お礼が鍋を手で示した。

「みんなして、腕によりをかけてつくりましたんで」

手伝いに来ている亀七が言った。

「酒も呑んでくれ。肴(さかな)はどんどん運んでくるから」

波之進が言うと、救け組の若い衆から歓声があがった。

閻魔組を討ち果たした面々は、座敷に座って三つの大きな土鍋を囲んだ。

待っていたのは、跡部同心の父親の隠居と、留守を預かっていた寅吉をはじめとする救け組、それに十手持ちの門前の大吉と手下の花屋の小助だ。「はし」の座敷はたちまち一杯になった。

土鍋の蓋を取ると、ふわっといい香りが漂ってきた。

「たまんねえな、こりゃ」

「海と山の幸がぎゅっと詰まってら」

「あったけえうちに食おうぜ」

ほうぼうから手が伸びる。

鍋地はだし汁に酒と醬油と味醂。これに具のうま味が存分に溶け出していく。土鍋だからすぐには冷めないが、頃合いを見てあつあつの昆布のだし汁を足してやると、ちょうどまた按配がよくなる。具にも抜かりなく下味がついているから、足すのはだしだけでいい。

元は浜料理の豪快な鍋だが、細かな包丁仕事も入っている。

鯛は二枚に下ろし、骨付きのままぶつ切りにする。蛤は塩水に浸け、よく砂を吐かせておく。車海老は竹串を使って背わたをきれいに取り出す。烏賊は皮をむき、縦に半分に切ってから短冊切りにする。

お次は山の幸だ。

椎茸は汚れをていねいに取り、笠に十字の包丁を入れる。焼き豆腐は大きなさいの目、葱は二寸ほどの長さに切る。銀杏切りの大根は昆布だしで下ゆでをしてあくを取っておく。

取り皿に好みの具を取り、七味唐辛子を振って食せば、思わず顔がほころぶ恵みの鍋になる。

「うめえ」

「ひと仕事したあとの鍋は、また格別だなあ」

「おっ、酒も来たぞ」

「鍋に熱燗、こいつがこたえられねえんだ」

救け組の華やぎは続いた。

「ま、一つ受けてくれ」

寅吉が新助に酒を注ぎにきた。

上座に座らされた新助と忠助のもとへは、徳利を持った男が次々にやってきた。むろん、断るわけにはいかない。いささか苦く感じられる酒を干し、頭を下げてから猪口を差し出す。

「気張ってくれたな」

気のいい海の男が笑みを浮かべた。

「ええ、まあ……」

新助はあいまいな返事をした。

「これからどうするんだい。しみづやに戻って料理人をやるのかい」

「いや、まだ考えてないです。忠助さんも戻って跡を継ぐわけですし」

新助は隣を見た。

「いや、おいらはふらふらしてたから、一から修業をし直さなきゃ、とても使い物になりません。それに、まだこれからお裁きを受ける身なんで」

忠助は控えめに答えた。

「なら、おとっつぁんと新助さんに教わりゃいいさ」

寅吉は笑顔で言った。

「それに、お裁きって言ったって、せいぜい百敲き(たた)くれえだろうに。ねえ、ご隠居さん」

寅吉は跡部作右衛門のほうを見た。

「そうだね。息子もちゃんと手を打つだろうし、お奉行も心得たお裁きをしてくれるだろうよ」

隠居は温顔で答えた。

のちに、跡部作右衛門の言うとおりになった。

時の南町奉行、矢部定謙が下した裁きはなかなかに粋で、ずいぶんと評判を呼んだ。

所払いにはさまざまあるが、忠助には墨引の外への所払いを命じたのだった。

品川宿は町奉行所と代官所の両支配の境界で、しみづやは墨引の外側にある。いま少し広い、郊外も含む朱引の外ならともかく、墨引の外というのは実に粋な計らいだった。

罰しているようで、その実は違った。

（品川宿の見世へ帰り、悔い改めて孝行せよ）

そう諭しているのと同じだった。

跡部同心からいきさつを聞いた奉行は、すぐさま裁きの断を下したらしい。気骨も知恵もある知られざる名奉行・矢部定謙は、忠助ばかりでなく、その後、新助ともふしぎな関わりを持つことになる。

その新助の表情は、やはり晴れなかった。救け組の面々はうまそうに鍋をつついていたが、せっかくの味がいま一つ心にしみてこなかった。

預かった忍び縄は十手持ちに返した。

「おう、役に立ったかい」

門前の大吉がたずねた。

「ええ。藪を払うときに使わせていただきました」

「そうかい。ちいとだけ、役に立ったんだな」

十手持ちはおかしそうに言って、忍び縄をふところに収めた。

ふところは軽くなったが、新助の心の荷は、記憶を取り戻しても決して軽くはなっていなかった。

むしろ、重くなった。

思い出せば思い出すほどに、荷はだんだんに重くなった。

「どうした、新助さん。ちょいと疲れたかい」

今度は隠居が酒を注ぎにきた。

「はい……少し寝足りなかったものですから」

新助はそう答えておいた。

「今日はしみづやでゆっくり寝るといいよ。そのうち、霧も晴れるだろうから」

その霧は、もう晴れた。

だが、べつの黒い霧が新助を覆いつくしていた。

(実は、思い出したんです)

そう切り出してみようかと思った。

しかし、ちょうどそこでお礼が盆を運んできた。

「お待たせいたしました。揚げ物ができました」

華やかな今様色の手絡を髷にかけたお礼が、場に花が咲くような笑顔で言った。

新助の脳裏に、おさよの顔がくっきりと浮かんだ。

おさよに会いたい、と思った。

そして、だれよりも先に、記憶を取り戻したことを告げよう。

新助はそう心に決めた。

おのれが何者だったか、どういう育ちをしたか、どんな密命を受けて動いていたか、なぜ襲われたのか。

伝えなければならないことはむやみにあるが、一から順に話していけば、おさよならきっと分かってくれるだろう。

「おお、来た来た」

「やっぱり『はし』は串物だからな」

「おれらが獲ってきた海老がいいべべを着せてもらってるじゃねえか」

救け組の若い衆がわく。

「はーい、いろんな串物がそろってますよう」

亀七も大皿を運ぶ。

海老の頭と尾だけを残して殻を除き、背わたを取る。それからまっすぐ串を刺す。

これにとりどりの「べべ」を着せてやる。玉子と粉を水で溶いてつくった衣に青海苔をまぜて揚げれば、彩りもきれいだし味もいい。紅生姜を刻んでもいいし、青紫蘇で巻いてから衣をつけて揚げてもいい。

小さなあられをまぶした海老の串揚げは、思わず嘆声がもれたほどだった。按配よくくっつくように、こちらの衣には長芋をまぜておく。こういった技は、巧みに小手を取る剣術を思わせた。

「うめえなあ、このあられ揚げ」

門前の大吉が感に堪えたように言う。

「海老の頭からぱりっと食ったら、あられと響き合って、なおさらうめえ」

花屋の小助が和す。

新助は海老ではなく、筍の串を手に取った。

穂先のところをほどよく切り、串に刺していくたびも醬油(しょうゆ)を塗りながら焼きあげたものだ。

これは味が分かった。

いくらか焼け焦げがついたところが、ことに香ばしく、なつかしい味がした。思い出を呼び覚ますような味だ。

だが……。

思い出がよみがえればよみがえるほどに、胸の底が苦くなった。

新助は、いや、新助と名乗っていた男は、おのれが生まれ育った暗い家を思い出した。その命(めい)が絶対だった父の顔がはっきりと浮かんできた。

「これもうめえなあ、波の兄ィ」

牛蒡(ごぼう)の素揚げ串をほおばりながら、元太が波之進に声をかけた。

「筏(いかだ)のかたちにまとめて揚げて、塩を振っただけだがな」

波之進が答える。

「それでこんなにうまくなるんだから驚きだ」

「でも、新助さんなら、これくらいの技は使えるでしょうよ」

「そりゃあ、料理人だから」

「手に職を持ってるってのは強えや」

「おめえだって漁の網を引く手は持ってるだろうに」

救け組の若い衆がさえずる。

料理人か……。

新助は感慨を催した。

記憶をなくしていたおのれは、命を助けてくれた人たちの前に謎の料理人として立ち現れただろう。

しかし、それは仮の姿だ。やつしにすぎない。

料理人ばかりではない。ときには薬売りにも身をやつした。薬にくわしかったのはそのせいだ。べつに医者だったわけではない。

料理人に薬売り、さまざまな顔をつくり、衣をあつらえてきた。仮の姿をつくってきたのだ。

本当の姿は違った。

新助という名を与えられた男は、筍の串を取り皿に置くと、また短いため息をついた。

新助と名乗ることになったとき、妙な感じがした。そこはかとない勘のようなものが働いた。

なぜなら、本名にも「新」の字が入っていたからだ。

男の本当の名は、喜多新十郎だった。

四

魚すき鍋の具があらかたなくなった。

それを見計らって、波之進が声をかけた。

「韮雑炊に仕立て直しますが、よろしいでしょうか」

あるじの問いかけに、ほうぼうから歓声がわいた。

「いいね、雑炊」

「精がつきそうだぜ」

「おめえはそればっかりだな」

笑いの花が咲く。

「おいらが畑でつくった韮ですから、味が濃いですよ。ちょいと前を失礼します」

亀七がそう言って、大きな土鍋をひょいと持ち上げた。

「食ったらでかくなりそうだな」

「いまからでかくなってどうするよ」

「韮はうちの子も好物なんですよ」

「あんまりわらべの好むものじゃないんだがね」

お礼と波之進も土鍋を運ぶ。

雑炊ができるまで、つなぎに田楽が来た。豆腐と蒟蒻の串が互い違いに置かれている。

味噌は三つに分かれていた。炒った胡桃をまぜこんだ甘めの胡桃味噌、ぴりっと辛い唐辛子味噌、それに、春の恵みの木の芽味噌。それぞれに味わいが違う。

「酒に合うねえ。……おっ、十分呑んだかい、忠助」

元太が声をかけた。

「はい……なんだか胸が一杯で」

「せいぜい親孝行しな」

「明日から、取り戻しまさ」

いくらか赤くなった顔で、忠助は答えた。

「焦るこたぁねえ。お天道様のもとで、一歩ずつやっていきゃあ、いずれはしみづやを背負って立てるぜ」

「おれらも顔を出すからよ」

寅吉も和す。

「ありがたく存じます」

跡取り息子の顔で、忠助は答えた。

取り戻す、か……。

少し遅れて辛さが伝わる唐辛子味噌の田楽を食しながら、新助は酔えない酒を呑んでいた。

閻魔組は退治された。ひとたびは悪い仲間に引きずりこまれてしまった忠助だが、これから心を入れ替えてやり直すことはできるだろう。

しかし、おのれは違う。

うしろにいたのは閻魔組とは比べようもないほど大きなものだった。

記憶がよみがえれば、暗かった道に灯りが差す。おのれの進む道がはっきりと見えてくる。

そういう望みは新助にもあった。

だが、すべてを思い出したせいで、道はかえって暗くなってしまった。救いのなうな苦さだ。


い暗澹たる道だ。

「まあ、一つ、新助さん」

注がれた酒を呑む。

酒の苦さは変わらなかった。これまでの人生がじわりとにじみ出しているかのような苦さだ。

「お待たせしました」

「韮雑炊ができましたよ」

波之進と亀七が土鍋を運んできた。

「取り皿も新しくしました」

お礼が潤朱の唐草模様が入った皿を重ねて運んできた。

土鍋の蓋を取ると、韮雑炊の香りとともにふわっと湯気が漂ってきた。

「菜の花畑みたいだね」

隠居が目を細くした。

「韮の青みが目にしみるようでさ」

「さあ、取り分けて食おうぜ」

若い衆が腕まくりをする。

そのとき、いくらか暗くなってきた見世に声が近づいてきた。

「あっ、お兄ちゃんたちだ」

お礼が声をあげた。

「おじちゃんたち、来たよ」

息子の大進に語りかける。

ほどなく、品川名物の兄弟駕籠（かご）が姿を現した。

五

「匂いにつられてやってきたんでさ」

「来たからには食わせてもらわないと」

先棒が仁吉（にきち）で後棒が義助（ぎすけ）、合わせて仁義になる兄弟がいつものように掛け合った。

お礼の二人の兄は、おととし亡くなった父の跡を継いで駕籠屋を切り盛りしている。いくたびも新しい血を入れた娘駕籠は品川宿の名物で、錦絵（にしきえ）にもなっているほどだ。娘駕籠かきにまつわる柳句も多く、なかには玉の輿（こし）に乗る娘もいた。

駕籠屋のあるじとして煙管（キセル）を吹かしていてもいいのだが、まだまだ体は動く。客や町の衆とにぎやかに掛け合いながら駕籠をかつぐほうが性に合っていた。

「おう、どんどん食ってくれ」

「これからひと仕事あるんだからよ」

「ひと仕事って言ったって、『はし』からしみづやまでじゃねえか」

救け組とも気心が知れている。駕籠かきはたちまち土鍋を囲む座敷になじんだ。

日がだんだんに暮れてきた。座敷に差しこむ光はずいぶん赤みを増している。

お礼がのれんを見世に入れた。それをしおに、二人乗りの駕籠に乗って、新助と忠助はしみづやに向かうことになった。

「なら、気をつけて」

波之進が見送る。

「また、落ち着いたらいらしてくださいよ」

お礼はいつも笑顔だ。

「おれらはそちらにも食いに行くから」

元太が白い歯を見せる。

「おいらがつなぎますんで」

庄三が笑って右手を挙げた。

「では、これで」
新助は頭を下げた。
ここを立ち去るまでに、胸の内で思案をした。
おさよにまず打ち明け、本名が「喜多新十郎」だったと告げる。どれから話して
いいかまだ決めかねているが、おおよその道筋は決まった。
思案したのは、そのあとだ。
新助は仮の名だから、呼び名を新十郎に改めてもらう。まずはそう考えた。
だが、そうすると、家名までついてくる。ただの新十郎ではない。あくまでも、
おのれという人間は喜多新十郎だったのだ。
新助は思い切った。
会いたい家族はいる。ことに、母と妹に会いたい。
しかし、生まれ変わろうと思った。
古いおのれ、すなわち喜多新十郎を捨て、ただの「新助」として歩み直すのだ。
それが許されるかどうか分からない。あるいはまた命を狙われるかもしれない。
それでも、新助はやり直したかった。
ただの料理人でいい。三本の包丁だけをふところに入れ、海山の幸を料理してお

客さんに喜んでもらう。そんな素朴な暮らしがしたかった。幕府と家から押しつけられた重荷を捨て、できることなら、おさよとともに……。

そこで駕籠が動き出した。

忠助とともに、新助は「はし」を離れた。

「坂でこけないように、ゆっくり行きますんで。えっ、ほっ」

「しみづやさんじゃ、きっとお待ちかねですぜ。えっ、ほっ」

呼吸（いき）を合わせて、兄弟駕籠が進む。

新助も忠助も、少し返事をしただけだった。互いに話をすることもなかった。それぞれが思いにふけりながら、駕籠に揺られていた。

背負う荷はないが、心の荷物は重かった。道を振り向けば、新助と忠助の道には、悔いの石ばかり転がっていた。

しかし……。

前を向いていくしかない。すべては、これからだ。

新助はふっと息をついた。

しばらく街道筋を進んでいた駕籠が左に曲がった。ほどなく上りに変わる。外は見えなくても、体の傾きかげんで分かった。

「もうすぐ着きますぜ。えっ、ほっ」

「あっ、お出迎えですね。えっ、ほっ」

駕籠屋が伝えた。

「おとっつぁんとおっかさんが……」

忠助が言う。

「妹さんもいまさ」

それを聞いて、新助の心の臓がわずかにうずいた。

ややあって、駕籠はしみづやの前に着いた。

新助と忠助は外に出て、おのれの足で地面に立った。

「お帰り」

父の幸助が言った。

母のおつうはうなずいただけだった。言葉はなくても、心が通じた。

「お帰りなさい、お兄ちゃんと新助さん」

おさよが言った。

「ああ……帰(けえ)ってきたぜ」

忠助はいくたびも目をしばたたかせた。

「ただいま」

新助は短く言って、おさよを見た。

暮れなずむ雀色時(すずめいろどき)に見る娘の目は、そこにだけあたたかな灯(ひ)がともっているかのようだった。

おさよがうなずく。

「なら、駕籠屋はこれで」

「どうか水入らずで」

お代は「はし」でもらっている駕籠屋は、軽くなった駕籠をかついで軽快に去っていった。

「さ、そこに立っていたら寒いよ」

おつうが中に招じ入れた。

すでにしみづやののれんはしまわれていた。ここからは身内だけの時だ。そのなかに、記憶を取り戻したことをまだだれにも告げていない新助が加わっていた。

座敷はきれいになっていた。そこに、皿が置かれている。

「おまえの好物の粉鰹煮をつくっておいたよ。酒は呑むかい?」

幸助がたずねた。

「いや、『はし』でずいぶん呑んだから、熱い番茶で」

感極まったような面持ちで、忠助は答えた。

「新助さんは？」

おさよが問う。

「わたしも、お茶を」

「はい」

「よかったら、一緒に」

おつうが座敷を手で示した。

「では、いただきます」

新助も座敷に上がった。

木の芽をあしらい、彩りよく盛られた粉鰹煮に箸を伸ばす。

削った鰹節を浅めの鍋で乾炒りする。箸でまぜながら炒ると、だんだんからからになってくる。これをすり鉢に移し、すりこぎで粉々になるまでよくする。

この粉鰹を煮物にまぶしてやれば、ぐっと風味が増す。ことに、筍やふきなどとからめれば、忘れられない惜春の味になる。

かみ味が違う蒟蒻と合わせると、またいちだんとうまい。食べよい大きさに切った蒟蒻を下ゆでしてあくを抜き、鍋に油を引いて炒める。油がなじんだところで、それぞれに下ごしらえをした筍とふきを加えて炒め合わせていく。

これにだしを加える。しみづやでは、清水の井から汲んだ自慢の名水に煮干しまたは昆布を入れて水だしを取る。煮立てて力を加えるのではなく、長めに時をかけて自然にうま味を引き出していくのが幸助のやり方だ。ことに、煮干しの水だしは臭みがなく、とてもやわらかい味がする。

煮立ってきたら醤油と味醂を加え、味がしみるまで落とし蓋をして煮含める。こうしてできた煮物に粉鰹をまぶし、木の芽を盛れば出来上がりだ。

「うめえ……」

忠助が感に堪えたように言った。

「またこの煮物を食えるとは……ありがてえ」

悔い改めた息子は、箸を持ったまま両手を合わせた。

ほっとする味だった。

胸の底にわだかまっているさまざまな思いが、この穏やかな煮物の味で静かに溶かされていくかのようだった。

これが、料理だ。

この味を忘れるまい、と新助は思った。

「どうぞ」

おさよが茶を運んできた。

番茶が湯気を立てている。

その向こうで、娘の笑顔が少しぼやけて見えた。

終章　桜の木の下で

一

翌日はきれいに晴れた。

朝一番で、新助はおさよとともに清水の井へ水を汲みにいくことになった。

幸助とおつう、それに忠助は畑で野菜を収穫している。大根がいい按配に育ったから、今日は大根菜飯と風呂吹き大根にするつもりだった。

新助は久々に清水の井の水を呑んだ。

「おいしい」

思わず言葉が口をついて出た。

身の内が浄められていくかのような水だ。

「これから毎日、この水を呑めるね」

　おさよが笑みを浮かべて言った。

　ここで切り出そうかとも思ったが、とりあえず水を汲んで運ばなければならない。新助はもう少し先へ延ばすことにした。

　帰り道には桜の木がある。ついこのあいだまでつぼみだったのに、いまはすっかり満開になっていた。

　そのたもとまで来たとき、新助は意を決した。

「ちょっと休んでいこうか。おさよちゃんに話があるんだ」

　おのれの心の臓が鳴る音が聞こえた。

「わたしに？」

　おさよが問う。

「ああ、大事な話だ」

　新助はそう告げた。

　天秤棒（てんびんぼう）を通した水桶（みずおけ）を、倒れないように慎重に置く。新助は大きな桶、おさよのはふた回りほど小さい。

「話って、何？」

おさよはどこか不安げに小首をかしげた。

「ああ」

喉(のど)の調子を整えてから、新助は言った。

「思い出したんだ。おのれがだれか、みんな思い出した」

その言葉を聞いて、おさよの顔にさっと喜色が走った。

「ほんと？」

いくらか近づいて訊(き)く。

「ああ、本当だ。思い出してしまった」

その言葉を聞いて、おさよはにわかにあいまいな顔つきになった。

「思い出さないほうがよかったの？」

新助はすぐには答えなかった。

腕組みをして、桜の木の下を二歩ばかり歩き、またゆっくりと戻った。

「そうかもしれないが、思い出してしまった」

喉の奥から絞り出すように、新助は言った。

「何を思い出したの？　悪いことなの？」

おさよは口早に問うた。

「……すまない」

謝りの言葉が、まず口をついて出た。

「新助さんは何をしていたの？　ご身分はお武家さま？」

おさよはなおも矢継ぎ早にたずねた。

「武家だった。本当の名は、喜多新十郎」

新助が告げると、おさよは息を吞んだ。

「新十郎……さま」

「そうだ。新の字だけ合っていた」

新助はやっとかすかな笑みを浮かべた。

「では、新十郎さまとお呼びしなければ」

「いや、新助でいい」

すぐさま答える。

「喜多新十郎は、あのとき死んだ。おさよちゃんが助けたのは、ただの新助だ。そう思ってくれ」

新助がそう言うと、おさよは続けざまに瞬き（まばた）をした。赤みを帯びたその顔に、けげんそうな色が走っている。

「わたしは、密命を帯びて動いていた」

新助は勘どころに入った。

「密命……」

おさよがおうむ返しに言う。

「そうだ。幕府の密命で動く役目だった」

「だったら、お上のためにお働きに……」

「汚れた役目だった」

新助はおさよの言葉をさえぎった。

桜の木から少し離れ、海のほうを見る。

そこからはわずかに海が見えた。だんだん濃くなってきた朝の光を弾く海は、銀鱗の魚を豊饒に集めた浅い盆のようだった。目に映るその近くて遠い場所を、新助は感慨深げに眺めた。

「どんなお役目だったの？　人を斬ったの？」

半ば泣きそうな顔で、おさよはたずねた。

「人は、斬っていない」

新助が告げると、おさよは安堵したように小さく吐息をついた。

「でも、それよりもっと汚れた役目だった」

新助は吐き捨てるように言った。

「人を斬るより、汚れたお役目……」

おさよの表情がまた曇る。

風が吹き過ぎていく。

まだ告げるべきことは数多いが、どう順序立てて話せばいいか、胸にわだかまっているものをどのように吐き出せばいいか、新助はにわかに言葉に詰まった。

「そのお役目を断ることはできなかったの？」

おさよが涙目で訊く。

新助は首を横に振った。

「わたしは、そういう家系に生まれた。祖父も父もそうだった。だから、わたしに与えられた密命を断ることなどできなかった」

「どういう、家系なの？」

ふるえる声で、おさよはたずねた。

ひと呼吸置き、低いしわぶきをしてから、新助は答えた。

「……忍びの者だ」

二

陽の光を受けてさざめく桜の花びらを揺らして、まだいくらか棘のある山おろしの風が吹く。清水の井に通じる道に人影はない。

桜の木の下で、水桶を土の上に置いたまま、新助とおさよは話を続けた。

「お城に忍びこんだりしたの？」

おさよが問うた。

「そうだ。いろんなところに忍びこんだ」

新助は思い出した。

焦げ茶色のまるい面妖な食べ物が夢に出てきた。あれは忍びの者が用いる「かたやきせんべい」と呼ばれる携帯食だった。岩のように堅いせんべいを城の石垣にぶつけて割り、飢えをしのぎながら忍びを行っていた。

記憶の糸がさらに太くなっていく。

「いろんなものに身をやつした。流しの料理人に扮したこともある」

「それで、あんなにお料理が上手だったの」

新助はうなずいた。

「御庭番って知ってるかい？」

新助の問いに、おさよは首を横に振った。

「幕府の密命を帯びて動く忍びの者をそう呼ぶ。わたしは御庭番の家に生まれ、父からそういう教えを受けて育った」

そこまで告げたとき、新助の顔がゆがんだ。

来し方を振り返れば、思い出したくないことが多すぎた。若くして死んだ二人の兄のこともそうだ。新助が、いや、喜多新十郎が生まれ育った家は暗かった。

「それで、お役目としてお働きになったんでしょう？　どうしてそれが……」

おさよは腑に落ちないようだった。

無理もない。話はまだ外堀にも達していなかった。

坂の上のほうから、天秤棒をかついだ男が歩いてきた。荷はすべて大根だ。前にもうしろにも、ぎゅっと身の詰まっていそうな大根が積まれている。

「いい日和ですな。桜が満開で」

男は機嫌のいい声をかけた。

「さようですね」

「晴れてよかったです」

新助とおさよが答える。

このままここで長話はできない。それに、入り組んだ話を一つずつ呑(の)みこみながら聞いていくのは、おさよだけではさぞつらかろう。

「おさよちゃん」

天秤棒をかついだ男が通り過ぎたところで、新助はじっと娘の目を見て言った。

「はい」

おさよはこくりとうなずいた。

「これは長い話になる。元同心のご隠居さんや梅友さん、それに都合がつけば医者の道庵先生などにもご同席いただいて、お知恵を拝借しながら一つずつ明かしていこうと思う」

おさよが再びうなずく。

「それに、わたしの生い立ちなども話していかなければならない。どうしてわたしが『汚れたお役目』と思うようになったのか、そのあたりも深く関わってくるからね」

新助はそう言うと、何かを思い切るような表情になった。

「とにかく、早く帰らないとお父さんとお母さんが案じるよ。見世の仕込みもあるしね」

新助はそう言って天秤棒をかついだ。

「一つだけ訊かせて、新助さん」

あとに続く前に、おさよはたずねた。

「何だい」

おさよは意を決したように問いを発した。

「新助さんが忍びのお役目をしにいったのは、どこだったの？」

歩きはじめる前に、新助ははっきりした声で答えた。

「荘内藩」

三

水桶を運びながら、新助もおさよも無言で歩いた。

前を行く新助の胸には、さまざまな思いが去来していた。

北の土地でつくって食した蒲鉾やつるむらさきのお浸しの味が、いやに鮮やかによみがえってくる。

そういえば……。

新助の心の臓がきやりとうずいた。

しみづやを訪れた二人組には、聞き慣れない訛りがあった。荘内から来たとおぼしい者たちは、そのあと宗匠帽をかぶった謎の男と通じていた。

記憶を取り戻したことが分かったら、また動いてくるかもしれない。大事な書付を奪っても、おのれの頭に植えつけられたことまでは奪い取ることはできないのだ。それをしかるべき筋に上申されないように、ひそかに口を封じようとするかもしれない。

世直しのために。

剣呑なのは、そればかりではなかった。

密命を帯びて大事なつとめに就きながら、喜多新十郎は図らずもゆくえをくらますかたちになってしまった。書付を御城へ奏上する寸前に襲われ、あえなく奪われてしまった。

とんだ失態だ。御庭番にあるまじきことだ。

きっと幕府のほうも新助のゆくえを追っているだろう。御庭番はほかにもいる。

あるいは裏切り者として息の根を止められてしまうかもしれない。
（わたしは、どちらからも追われている）
記憶を取り戻した新助は、そんな苦境に立たされていた。
このましみづやに身を寄せていていいのか。思わぬ迷惑をかけてしまうのでは
なかろうか。
そんな思いは、むろんあった。
だが……。
いまかついでいる天秤棒の重みは、何物にも代えがたいように思われた。
清水の井のわき水のうまさが、またふっとよみがえってきた。
失いたくないのは、それだけではなかった。
うしろで足音が聞こえる。おさよがしっかりとついてきてくれている。
しみづやが見えてきた。
裏手に回り、水桶を下ろせば、朝飯の支度が始まる。
「新助さん」
おさよが声をかけた。
「もうすぐだよ。つらくなったかい？」

うしろを見ずに、新助はたずねた。

おさよが伝えたのは、思いも寄らない言葉だった。

娘は、こう言った。

「もうどこへも行かないで」

その言葉は、新助の心の深いところにまでしみわたっていった。

「どこへも、行かないよ」

新助はそう答えた。

しみづやに着いた。

天秤棒を下ろす。娘も続く。

新助はおさよの顔を見た。

「さあ、水桶を運ぼうか」

笑みを浮かべて言う。

「はい」

おさよも笑顔で答えた。

［主要参考文献］

児玉幸多監修『復元・江戸情報地図』（朝日新聞社）
今井金吾校訂『定本武江年表』（ちくま学芸文庫）
笹間良彦『復元江戸生活図鑑』（柏書房）
菊地ひと美『江戸衣装図鑑』（東京堂出版）
三谷一馬『江戸職人図聚』（中公文庫）
三谷一馬『彩色江戸物売図絵』（中公文庫）
西山松之助編『江戸町人の研究』（吉川弘文館）
吉岡幸雄『日本の色辞典』（紫紅社）
芳賀徹編『日本の名著22　杉田玄白・平賀源内・司馬江漢』（中央公論社）
金田禎之『江戸前のさかな』（成山堂書店）
志の島忠『割烹選書　四季の一品料理』（婦人画報社）
志の島忠『割烹選書　春の献立』（婦人画報社）
志の島忠『割烹選書　鍋料理』（婦人画報社）

小倉久米雄『日本料理技術選集　魚料理上』（柴田書店）
西宮利晃『日本料理技術選集　貝料理』（柴田書店）
関口耕司『日本料理技術選集　箸やすめ』（柴田書店）
平野雅章『日本料理探求全書　やさい風土記』（東京書房社）
平野雅章『日本料理探求全書　江戸の料理』（東京書房社）
畑耕一郎『プロのためのわかりやすい日本料理』（柴田書店）
高橋一郎『和幸・高橋一郎の旬の魚料理』（婦人画報社）
高橋一郎『和幸・高橋一郎の酒のさかなと小鉢もの』（婦人画報社）
田中博敏『お通し前菜便利集』（柴田書店）
松下幸子『図説江戸料理事典』（柏書房）
福田浩、松下幸子『料理いろは庖丁　江戸の肴、惣菜百品』（柴田書店）
福田浩、松藤庄平『完本大江戸料理帖』（新潮社）
別冊家庭画報『一流料理長の和食宝典』（世界文化社）
笠原将弘『笠原将弘の30分で和定食』（主婦の友社）
野崎洋光『和のおかず決定版』（世界文化社）
島﨑とみ子『江戸のおかず帖　美味百二十選』（女子栄養大学出版部）

鈴木登紀子『手作り和食工房』(グラフ社)
土井勝『野菜のおかず』(家の光協会)
太田静栄『串もの』(グラフ社)

本書は書き下ろしです。

迷い人

品川しみづや影絵巻

倉阪鬼一郎

平成27年 2月25日　初版発行

発行者●堀内大示

発行所●株式会社KADOKAWA
〒102-8177　東京都千代田区富士見2-13-3
電話　03-3238-8521（営業）
http://www.kadokawa.co.jp/

編集●角川書店
〒102-8078　東京都千代田区富士見1-8-19
電話　03-3238-8555（編集部）

角川文庫 19018

印刷所●旭印刷株式会社　製本所●株式会社ビルディング・ブックセンター

表紙画●和田三造

ISBN978-4-04-102811-7　C0193

角川文庫発刊に際して

角川源義

第二次世界大戦の敗北は、軍事力の敗北であった以上に、私たちの若い文化力の敗退であった。私たちの文化が戦争に対して如何に無力であり、単なるあだ花に過ぎなかったかを、私たちは身を以て体験し痛感した。西洋近代文化の摂取にとって、明治以後八十年の歳月は決して短かすぎたとは言えない。にもかかわらず、近代文化の伝統を確立し、自由な批判と柔軟な良識に富む文化層として自らを形成することに私たちは失敗して来た。そしてこれは、各層への文化の普及滲透を任務とする出版人の責任でもあった。

一九四五年以来、私たちは再び振出しに戻り、第一歩から踏み出すことを余儀なくされた。これは大きな不幸ではあるが、反面、これまでの混沌・未熟・歪曲の中にあった我が国の文化に秩序と確たる基礎を齎らすためには絶好の機会でもある。角川書店は、このような祖国の文化的危機にあたり、微力をも顧みず再建の礎石たるべき抱負と決意とをもって出発したが、ここに創立以来の念願を果すべく角川文庫を発刊する。これまで刊行されたあらゆる全集叢書文庫類の長所と短所とを検討し、古今東西の不朽の典籍を、良心的編集のもとに、廉価に、そして書架にふさわしい美本として、多くのひとびとに提供しようとする。しかし私たちは徒らに百科全書的な知識のジレッタントを作ることを目的とせず、あくまで祖国の文化に秩序と再建への道を示し、この文庫を角川書店の栄ある事業として、今後永久に継続発展せしめ、学芸と教養との殿堂として大成せんことを期したい。多くの読書子の愛情ある忠言と支持とによって、この希望と抱負とを完遂せしめられんことを願う。

一九四九年五月三日

角川文庫ベストセラー

雁渡り　照降町自身番書役日誌　今井絵美子

日本橋は照降町で自身番書役を務める喜三次が、理由あって武家を捨て町人として生きることを心に決めてから3年。市井に生きる庶民の人情や機微、暮らし向きを端正な筆致で描く、胸にしみる人情時代小説！

寒雀　照降町自身番書役日誌　今井絵美子

刀を捨て照降町の住人たちとまじわるうちに心が通じ合い、次第に町人の顔つきになってきた喜三次。そんな自分に好意を抱いてくれるおゆきに対して憎からず思うものの、過去の心の傷が二の足を踏ませて……。

切開　表御番医師診療禄1　上田秀人

表御番医師として江戸城下で診療を務める矢切良衛。ある日、大老堀田筑前守正俊が若年寄に殺傷される事件が起こり、不審を抱いた良衛は、大目付の松平対馬守と共に解決に乗り出すが……。

縫合　表御番医師診療禄2　上田秀人

表御番医師の矢切良衛は、大老堀田筑前守正俊が斬殺された事件に不審を抱き、真相解明に乗り出すも何者かに襲われてしまう。やがて事件の裏に隠された陰謀が明らかになり……。時代小説シリーズ第二弾！

解毒　表御番医師診療禄3　上田秀人

五代将軍綱吉の膳に毒を盛られるも、未遂に終わる。表御番医師の矢切良衛は事件解決に乗り出すが、それを阻むべく良衛は何者かに襲われてしまう……。書き下ろし時代小説シリーズ、第三弾！

角川文庫ベストセラー